이 책은 2009년도 정부재원(교육과학기술부 인문사회연구역량강화사업비)으로 한국학술진흥재단의 지원을 받아 연구되었음(KRF-2009-322-A00093).

의리와 그리움이라는 두 글자
죽도록 지워지지 않게 새기리!

발간에 부쳐…

　2008년 9월 설립된 이화여자대학교 중국문화연구소는 기존 어문학 중심의 연구에서 벗어나, 세부적인 학문 영역에 국한되지 않는 포괄적이고 심도 있는 전문 중국학 연구의 구심점이 되기 위해 노력하고 있습니다. 폭넓은 시야와 안목을 가진 전문 인력을 확보하고 다양한 정보를 공유함으로써 새로운 방법론을 창안할 연구 공간으로의 역할을 모색하고 있습니다. 특히 지역학 및 지역문화 연구, 여성문학 연구, 학제 간 연구를 중심으로 한 차별화된 전략을 통해 학문적 국제경쟁력을 강화하고 있습니다. 또한 급변하는 동아시아 및 국제사회에 적극적으로 대처하기 위해 실용성을 추구하면서 한중양국의 문화 창달에 기여하고 있습니다.

　2009년 7월부터 본 연구소 산하 '중국 여성 문화·문학 연구실'에서는 '명대 여성작가 작품 집성―해제, 주석 및 DB 구축'이라는 프로젝트를 수행하게 되었습니다(한국연구재단 2009년 기초연구과제 지원사업, KRF―2009―322―A00093).

곧 명대 여성문학 전 작품을 대상으로 자료를 수집하여 주석, 해제하고 이에 대한 데이터베이스 구축을 위해 방대한 분량의 원문을 입력하는 작업으로, 이미 상당 부분 진행되었습니다. 정리 작업을 진행하면서 중요 작가를 중심으로 작품의 성취가 높은 것을 선별해 일반 독자에게 알리기 위해 연구총서의 일환으로 이를 번역, 출판하게 되었습니다.

이와 같은 연구 성과는 한국·중국 고전문학 내지는 여성문학 연구의 중요한 토대를 마련할 뿐 아니라, 동서양의 수많은 여성문학 연구가들에게 편의를 제공하게 될 것입니다.

이화여자대학교 중국문화연구소
소장 이 종 진

출판 서

이화여자대학교 중국문화연구소는 한국연구재단의 지원 하에 「명대(明代) 여성작가(女性作家) 작품 집성(集成)—해제, 주석 및 DB 구축」이라는 과제를 수행하고 있습니다.

2009년 7월부터 시작된 본 과제는 명대 여성들이 지은 시(詩), 사(詞), 산곡(散曲), 산문(散文), 희곡(戲曲), 탄사(彈詞) 등의 원문을 수집 정리하여 DB로 구축하고 주석 해제하는 사업으로 3년에 걸쳐 진행됩니다. 연구원들은 각자의 전공에 따라 자료를 수집 정리해 장르별로 종합한 뒤 작품을 강독하면서 주석하고 해제하고 있습니다. 이런 과정에서 우수 작가와 작품을 선별하여 출간하는 것이 본 사업의 의의를 확대할 수 있다고 판단되어 연차별로 4~5권씩 번역 출간하는 계획을 수립하였습니다.

본 과제를 수행하는 데는 적지 않은 어려움이 따랐습니다. 첫째는 원 자료 수집의 어려움이었습니다. 북경, 상해, 남경의 도서관을 찾아 다니면서 대여조차 힘든 귀중본을 베끼고, 복사하거나 촬영하는 수고로움을 마다하지 않았습니다.

둘째는 작품 주해와 번역의 어려움이었습니다. 전통시기의 여성 작가이기에 생애와 경력이 거의 알려지지 않은 경우가 대부분이어서 작품 배경을 살피기가 용이하지 않았습니다. 따라서 주해나 작품 해석에서 부딪치는 문제가 적지 않아 이를 해결하는 데 많은 수고가 따랐습니다.

셋째는 작가와 작품 선별의 어려움이었습니다. 명청대 여성 작가에 대한 자료의 수집, 정리는 중국에서도 이제 막 시작된 분야이기 때문에 연구의 축적 자체가 적은 편입니다. 게다가 중국 학계에서는 그나마 발굴된 여성 작가 가운데 명대(明代)에 대한 우국충정(憂國衷情)이 강한 작가를 높이 평가하고 있습니다. 그러나 작품의 가치를 평가할 때 우국충정만이 잣대가 될 수는 없을 것입니다. 연구원들은 기존 연구가 전무하거나 편협한 상황 하에서 수집된 자료 가운데 더욱 의미 있는 작품을 고르기 위해 작품을 다각적으로 분석하고 여러 번 통독하는 수고를 감내했습니다.

우리 5명의 연구원과 박사급 연구원은 본 과제를 수행하기 위해 끝이 보이지 않는 수고를 감내하였습니다. 매주 과도하게 할당된 과제를 성실히 수행했을 뿐만 아니라 출간 계획이 세워진 다음에는 매주 두세 차례 만나 번역과 해제를 면밀히 검토하였습니다. 출간에 즈음하여 필사본의 이체자(異體字) 및 오자(誤字) 문제의 자문에 응해주신 중국운문학회회장(中國韻文學會會長), 남경사대(南京師大) 종진진(鐘振振) 교수에게 감사드리며 아울러 윤독회에 빠지지 않고 참여해 주신 최일의 선생에게 심심한 감사를 전합니다.

본 작품집의 출간을 통해 이제껏 학계에서 간과되어 온 명대 여성작가와 작품들이 널리 알려져 명대문학이 새롭게 조명됨은 물론 명대 여성문학에 대한 평가가 새로워지길 바랍니다. 아울러 한중여성문학의 비교연구가 활발하게 시작되는 계기가 마련되길 기대합니다.

끝으로 본 기획의 가치를 높이 평가하고 쉽지 않은 출간에 선뜻 응해 준 '도서출판 사람들'에 깊은 감사를 표합니다.

2011년 12월

이화여자대학교 중국문화연구소
소장 이 종 진

역자서문

범곤정(范壼貞)은 시가에 능하였기에 종조부(從祖父)인 범윤림(范允臨, 1588-1641)[1]은 그녀 시의 성취를 높이 평가하며『호승집(胡繩集)』 8권으로 묶어 냈다. 하지만 명(明)이 망하고 왕조가 바뀌면서 전화(戰禍)를 입어『호승집』이 전해지지 않게 되자, 그녀의 증손 호유종(胡維鍾)이『호승집』의 잔권(殘卷)을 모아『호승집시초(胡繩集詩鈔)』3권으로 묶어 청(淸), 건륭(乾隆)연간 출간함에 따라 그녀의 시가 전해지게 되었다. 그녀의 시는 종조모(從祖母)인 서원(徐媛, 1560?-1620)의 영향을 받았으나, 서원의 시와는 달리 쓰지 않고는 견딜 수 없는 순수한 정감으로 시가를 창작했기에 고유한 풍격을 드러낼 수 있었다. 하지만 그녀의 남편인 호란[胡蘭, 字 원생(畹生)]의 평생 사적을 살필 수 없는데다 전사(戰死)하였기에 그녀의 시가가 유명세를 타지 못한 듯하다.

한국연구재단의 "명대여성작가작품집성(明代女性作家作品集成)"이라는 토대연구를 수행하게 되어 그녀의 시를 주해하면서 그녀 시가의 특성과 성취를 탐구하게 된 것이 다행스럽기만 하다.

그녀는 단조로운 생활 속에서도 떠도는 남편이 돌아오기를 학수고대하는 수많은 시가를 썼을 뿐 아니라 절기에 대한 소회를 읊조렸으며 부도덕한 세태를 풍자하며 윤리관을 드러내는 다수의 시가를 남겼다. 특히 그녀는 불우한 가운데도 의롭고도 진솔한 삶의 가치를 추구하는

---

1) 范允臨: 明代의 官員으로 書画家이다 °字는 至之이며 호는 長倩, 長伯이라 하였다. 蘇州府 吳縣 사람으로 萬曆23년 進士가 되어 官이 福建參議에 이르렀다. 書画에 능하여 당시 陳繼儒와 명성을 나란히 하였다. 소주 天平山에 집을 짓고 歸去했으며『轮廖馆集』이 있다. 北宋 范仲淹의 17世孫으로 부친은 范惟丕로 明, 嘉靖38년 (1559年) 進士에 들었고 光禄寺少卿으로 생을 마감하였다. 夫人 徐媛은 젊어서 書에 능했고 古文을 잘했다. 또한 시문에 능했으며 부부의 정이 깊어 唱和해 엮은『낙위음(絡緯吟)』이 전한다.

시가를 남겼기에 남다른 성취를 거둘 수 있었다.

그녀의 생졸년을 살필 길이 없기에2) 그녀가 쓴 시의 주제와 내용을 정확하게 파악하기는 어려우나, 도리어 이러한 시가 내용을 근거로 그녀의 인생조우를 살펴볼 수 있다. 전하는 그녀의 시는 모두 176수로 고시(古詩) 58수, 율시 48수, 절구 70수가 이에 해당되는데 특히 고시에 대한 성취가 높다고 평가된다.

본 토대연구를 진행하면서 『호승집』을 번역하고 주해하게 된 배경을 소개하면 아래와 같다. 우선은 우리 과제의 작업양이 방대하여 3년 안에 이를 수행하는 일이 지난했기에 이를 돕는다는 뜻으로 이 작업을 착수하게 되었다. 그래서 대학원에 재학하는 보조연구원과 같이 매주 스터디를 한 것이 발단이 되어 초벌 원고를 만들게 되었고, 또 이를 확인 보완함으로써 확정고를 완성하게 되었다. 상해(上海)도서관에서 청(淸) 건륭(乾隆) 천유각(天遊閣) 각본(刻本) 『호승집시초』 3권을 구해 이를 타자하는 일이 용이치 않았던 점은 이체자가 많은데다 표점을 해야 하는 번거로움 때문이었다. 힘겨웠던 이런 작업은 물론 초벌 번역까지 해 낸 연구보조원에게 이 공간을 빌어 감사를 표한다.

이 시집은 전하는 범곤정의 작품을 전부 망라했기에 범곤정의 시가세계를 폭넓게 파악할 수 있다. 독자들은 불우했던 여시인의 운명을 시가 창작으로 극복하면서 고귀한 삶의 가치를 실천 해냈고 아울러 고달픈 삶의 소중함을 일깨워 준 범씨에게 뜨거운 찬사를 보내지 않을 수 없을 것이다. 특히 우리는 봉건예교에 억매여 신고(辛苦)의 삶을 살면서 숭고한 유가의 덕을 실현한 범씨에게 경의(敬意)를 표하면서 동시에 현대적인 가치를 반사(反思)하게 될 것이다.

이 시집에 깊은 관심을 갖고 언제 출간되는 지를 늘 물어온 우리연구원과 보조연구원에게 감사를 표하며 흔쾌히 출판에 응해주신 이능표 사장님을 비롯한 편집진에게 고마운 마음을 전한다.

이 시집을 역으면서 기본 자료의 부족은 물론 범씨 일생을 파악할

---

2) 范壼貞의 생졸년은 알 수 없으나 從祖母인 徐媛(1560?-1620)의 생졸년으로 추산해 보면 범씨의 生年을 1600년 전후로 가늠할 수 있다.

길이 없었기에 해설에 객관성을 확보하기 어려웠다. 향후 범씨 생평
(生平)에 대한 연구가 조속히 진행되어 작품 해설이나 감상이 보다 타
당성을 보일 수 있기 바란다.

2013년 12월, 세모에

李 鍾 振

목 차

....

오언고시 _20수

흰 이슬 방울져
만물을 외로운 곳으로 돌아가지 말게 했으면!

古意

日照新楊柳, 長條復短條.
春風惜遠離, 吹綠何迢迢.[3]
欲折不忍折, 路遙腸斷絶.
低頭黯自思, 何事輕離別.
別離日已遠, 蘭苕日已老.[4]
何處問歸期, 惆悵雙飛鳥.

---

3) 迢迢(초초): 길이 요원(遙遠)한 모양.
4) 蘭苕(난초): 난초 꽃.

옛 시인의 시의(詩意) 따라

태양이 새로 돋은 버들 비추는데
긴 가지 다시 짧은 가지 되었네.
봄바람 먼 이별 아쉬워 해
푸른 풀에 부니 어찌 그리 아득한지?
꺾으려 해도 차마 꺾지 못함은
떠나는 길 멀어 애간장 끊여 서지!
고개 숙여 남몰래 스스로 생각하니
무슨 일로 이별을 가볍게 여겼나!
이별은 날로 멀어지니
난초 꽃 날로 시들어가네.
어디에 돌아오실 기약 묻나?
쌍쌍이 나는 새로 서글퍼지네!

【해제】 이별한 임에 대한 그리움을 읊었다. 이별이 오래되었을 뿐만 아니라,
공간적으로도 매우 멀리 떨어져 있어, 임을 떠나보내지 말았어야 했다는 후회를
술회하였다. 이별할 때의 경물로 별리의 고통을 부각시킨 뒤, 그리움으로 피폐해
져가는 시인의 모습을 "날로 시들어가는 난초꽃"으로 형상하고는, 홀로 남겨진
외로움을 "쌍쌍이 나는 새"에 빗대어 고독의 비애를 엿보게 하였다.

夏夜

炎夏鬱未解, 懷思浩以深.
推枕夜將半, 毒熱猶相侵.5)
起來倚高閣, 斗轉星河沈.6)
感玆大化易,7) 思君傷我心.
我心不可解, 搔首空長吟.8)

5) 毒熱(독열): 지독한 더위.
6) 斗轉(두전): 북두성이 전향하다. 하늘이 곧 밝아올 것을 뜻함.
7) 大化(대화): 대자연(大自然).
8) 搔首(소수): 손으로 머리를 긁다. 조급해하거나 그리워하는 모양.

여름밤

무더운 여름이라 답답함 가시지 않는데
그리움은 커지며 깊어지네.
한밤중에 베개 물리니
지독한 더위 여전히 엄습해오네.
일어나 높은 누각에 기대니
북두성 자리를 옮기며 은하수 내려앉네.
이러한 대자연 변화에 느끼니
임 생각으로 내 마음 슬퍼지건만
내 마음 풀 길 없어
머리 긁적이며 그저 길게 읊조리네.

【해제】 무더운 여름밤에 밀려오는 상사(相思)의 고통을 읊었다. 더위가 기승을 부려 임 향한 그리움으로 새벽까지 잠 못 이룸을 술회하였다. 이어서 아침이 다시 밝아 오듯이 때 되면 임도 돌아와야 하지만 그 임이 돌아오지 않기에 서글퍼 하였다.

旣登小崑山, 復過小赤壁, 登眉公先生讀書臺.9)

天朗山氣淸, 移舟信所適.
朝躋崑山巓, 暮上小赤壁.
澄水浸雲根,10) 崩崖裂石脉.11)
柳暗平原村,12) 花飛葑澳側.13)
中有避世人, 結廬永朝夕.
琴瑟淸且幽,14) 佩纕媚今昔.15)
孤鴻飛冥冥, 羅者徒繪弋.16)
登彼讀書臺, 高致眇難極.
披林望前峯, 薄暝更攀陟.17)

---

9) 小崑山(소곤산): 상해시(上海市) 서남쪽, 송강구(松江區) 서북쪽에 있으며, 5000여년
의 명성을 지닌다. 小赤壁(소적벽): 소곤산에서 진계유의 독서대를 이르는 도중에
있는 깎아지른 듯한 절벽. 장강(長江)의 적벽(赤壁)에 비해 규모가 작아 소적벽(小
赤壁)이라 하였다. 眉公先生(미공선생): 명대(明代)의 문학가이자 서화가인 진계유
(陳繼儒, 1558~1639)를 이른다. 자(字)는 중순(仲醇)이며 호(號)는 미공(眉公) 혹은
미공(糜公)이다. 화정(華亭, 上海 松江) 사람이다. 처음에는 소곤산(小昆山)에 은거
하다 후에 동사산(東佘山)에서 두문불출하며 저술 활동에 힘썼다. 시와 문장에 능
했으며, 소식(蘇軾)과 미불(米芾)의 서법과 회화에도 뛰어났다.
10) 雲根(운근): 깊은 산 속 구름이 일어나는 곳. '산에 있는 바위'를 가리키기도 한다.
11) 石脉(석맥): 바위의 무늬, 혹은 바위 틈.
12) 柳暗(유암): 버드나무 잎이 무성하여 녹음이 짙다.
13) 葑澳(봉오): 소곤산 근처에 있는 연못 이름.
14) 琴瑟(금슬): 본래 '금'과 '슬'이라는 악기를 가리키며, '금슬을 연주하다'는 뜻으로
쓰이기도 한다.
15) 佩纕(패양): 허리에 차는 장식용 끈.『초사(楚辭)·이소(離騷)』의 "허리끈을 풀러
약속을 하고, 나는 건수를 중매인 삼았네(解佩纕以結言兮, 吾令蹇修以爲理)"에서
유래함.
16) 羅者(나자): 사냥꾼. 冥冥(명명): 높고 먼 모양. 양웅(揚雄)『법언(法言)·문명(問
明)』에 "큰 기러기 높고 멀리 날아가니, 사냥꾼이 어찌 쏘아 맞출 수 있으리!(鴻
飛冥冥, 弋人何纂焉)"라 하였다.
17) 薄暝(박명): 땅거미가 질 무렵, 해질 무렵. 攀陟(반척): 등반하다. 타고 오르다.

소곤산에 올랐다가 다시 소적벽에 들러
미공선생의 독서대에 오르다

하늘 밝고 산 기운 맑아
배 저으며 가는대로 맡겼네.
아침에 소곤산 정상에 올랐다가
저녁에는 소적벽에 올랐네.
맑은 물 산 바위에서 스미고
무너진 벼랑은 바위틈을 갈랐네.
평원 마을엔 버들 우거졌고
봉호 못가엔 꽃 날리네.
그 가운데 은둔하는 이 있어
오두막 짓고 온종일 지내네.
금슬 소리 맑고도 그윽하고
허리에 찬 끈 예나 지금이나 아름답네.
외로운 기러기 까마득히 날아오르나
사냥꾼의 치장한 화살 부질없네.
저 독서대에 올라보나
고상한 이치 오묘해 궁구하기 어렵네.
수풀 헤치고 앞 봉우리 보며
해질 무렵 다시 산을 오르네.

【해제】소곤산과 소적벽에 올랐다가 미공 진계유(陳繼儒)의 독서대에 오르는 감
회를 읊었다. 소적벽에 이르게 된 경과와 그곳에서 내려다 본 경치를 묘사한 뒤,
은자(隱者)인 미공의 고결한 자태를 형상하고는 그의 자취를 살피려고 다시 독서
대에 오르는 노정(路程)에서 느낀 감회를 명랑하고도 진솔하게 술회하였다.

擬明月何皎皎

露凉天籟沈,[18] 木落秋山白.[19]
清輝散綺羅,[20] 蘭氣芬瑤席.[21]
傷哉各一天, 惆悵憐今夕.
高柳咽寒蟬, 砧聲動廣陌.[22]
寂寂守深閨, 年華空自惜.[23]

18) 天籟(천뢰): 바람소리, 새소리. 흐르는 물소리 등 자연계의 온갖 소리.
19) 白(백): 텅 비다.
20) 淸輝(청휘): 맑은 빛. 대개 해와 달의 빛을 가리킨다. 綺羅(기라): 수놓인 비단 옷을
   입은 사람. 귀부인이나 아름다운 여인을 대칭으로 쓰인다.
21) 瑤席(요석): 깔개의 미칭. 아름다운 풀로 엮은 자리.
22) 砧聲(침성): 다듬잇돌 소리. 廣陌(광맥): 큰 길.
23) 年華(연화): 본래 나이·세월·봄빛 등을 가리킴. 꽃다운 시절. 惜(석): 애통하다.

고시 「밝은 달 얼마나 밝은지」를 본떠

이슬 차가워 온갖 소리 잦아들어
나뭇잎 시드니 가을 산 텅 비었네.
맑은 빛은 수놓인 비단옷에 흩어지고
난초 향기 옥 자리로 퍼져가네.
마음 상하네! 각자 하늘 끝에서
슬퍼하며 오늘 저녁을 아쉬워할 터이니!
높은 버들에선 가을매미 흐느끼고
다듬잇돌 소리는 큰 길을 울리는데
쓸쓸히 깊은 규방 지키자니
꽃다운 나이라 공연히 절로 슬퍼지네.

【해제】「고시십구수(古詩十九首)」중「명월하교교(明月何皎皎)」를 모의해 읊었
다.「명월하교교」가 유랑하는 임을 그리워하며 규방을 지키는 여주인공의 외로
운 심경을 술회한 것 같이, 이 시도 유사하게 시상을 전개하였다. 쓸쓸한 분위기
를 자아내는 경물 묘사로 임과 함께한 시간을 그리워하는 아리따운 여시인의
애달픈 심정을 엿보게 하였다.

擬行行重行行

秦越違萬里,[24] 山川復嶮巇.[25]
君思遠行邁, 車馬無停期.
前路日以眇, 憂心日以滋.
浮雲亂天地, 日月長懷疑.
朱光徐淮甸,[26] 嚴霜汧渭岐.[27]
芳華漸零落, 君心知不知.

24) 秦越(진월): 진(秦)나라와 월(越)나라. 극히 멀리 떨어져 있음을 비유함.
25) 嶮巇(험희): 울퉁불퉁하여 험준하다.
26) 朱光(주광): 태양빛. 徐淮(서회): 서주(徐州)와 회수(淮水)를 지칭한다. 서주는 회수의 북쪽 일대를 가리킨다. 甸(전): 교외(郊外). 도성 밖 지역.
27) 汧渭(견위): 견수(汧水)와 위수(渭水)의 병칭. 견수는 위수의 지류로 감숙성(甘肅省) 육반산(六盤山) 남쪽 기슭에서 발원해 섬서성(陝西省) 농현(隴縣) 천양(千陽)을 거쳐 위하(渭河)로 유입된다. 위수는 황하의 최대 지류로 감숙성(甘肅省) 조서산(鳥鼠山)에서 발원해 섬서성(陝西省) 중부를 가로지른 뒤에 동관(潼關)에 이르러 황하로 유입된다.

고시 「가고 가고 또 가네」를 본떠

진 땅과 월 땅 만 리 멀리 떨어졌거늘
산천도 또 험준하다.
그대 멀리 떠나실 생각만 하시니
말과 수레는 머물 기약 없다.
앞길 날로 아득해지니
걱정하는 마음 날로 늘어나고
뜬 구름 세상을 어지럽히니
늘 해와 달을 의심한다.
태양빛 서주(徐州)와 회수(淮水)에서 갈리고
매서운 서리 견수(汧水)와 위수(渭水)에서 나뉘기에
향기로운 꽃 점점 시들어 감을
그대 마음은 아시는지!

【해제】「고시십구수」중 「행행중행행(行行重行行)」을 모의해 읊었다. 임과 멀리
떨어져 지내는 상황에서 다시 만날 기약이 없음을 고통스러워한 「행행중행행」의
내용을 그대로 옮겼다. 하지만 "진, 월(秦越)"이라는 구체적 지명을 들어 거리감
을 나타내었고, "서주와 회수(徐淮)", "견수, 위수(汧渭)"라는 지역 구별로 임과
시인이 서로 엇갈려 만날 수 없음을 우의(寓意)하였다.

擬靑靑河畔柳

湘江春水明, 河畔柳初發.
朝日吐淸輝, 黃鳥啼三月.
朱樓有佳人, 對鏡理元髮.[28]
自嫁游冶郎,[29] 流光迅超越.[30]
淹留恨遠道,[31] 何以覿明哲.[32]
歲晏無適從,[33] 惻惻悲難歇.

---

28) 元髮(원발): 검은 머리카락.
29) 游冶郎(유야랑): 방랑자. '游冶(유야)'는 즐거움을 찾아 밖으로 떠돌다, 즉 방랑하다.
30) 流光(유광): 흐르는 물처럼 빨리 가버리는 세월.
31) 淹留(엄류): 오래 머물다. 헛되이 시간을 보내다.
32) 覿(적): 드러나다.
33) 歲晏(세안): 한 사람의 말년. 適從(적종): 의지하다.

고시 「푸릇푸릇한 강가 버들」을 본떠

상강의 봄물 맑아지자
강가의 버들 막 싹 틔웠네.
아침 해 맑은 빛을 뿜어내니
꾀꼬리는 삼월 되어 우네.
화려한 누각의 미인
거울보고 검은 머리카락 다듬었건만
떠돌며 노니는 사내에게 시집오니
세월은 벗어나듯 빠르기만 하네.
오래 머무시며 먼 길을 한하시려니
어찌 명철하신 임을 뵙게 되랴!
나이 들어 의지할 곳 없기에
사무치는 슬픔 멎기 어렵네!

【해제】 「고시십구수(古詩十九首)」 중 「청청하반류(青青河畔柳)」를 모의해 읊었다. 「청청하반류」는 경물 묘사와 함께 미인을 등장시킨 뒤, 남편인 "탕자가 떠나서 돌아오지 않아, 빈 침상 홀로 지키기 어렵다"고 끝을 맺은 반면, 이 시는 "방랑하는 사내(游冶郎)"와 결혼한 뒤에 그리움에 사로잡혀 덧없이 세월을 보내야 하는 서글픔을 부각시켰다.

古意

借問所思誰,³⁴⁾ 朱樓結華綺.³⁵⁾
樓高何逶迤,³⁶⁾ 靑山遙對起.
桃花發穠姿,³⁷⁾ 楊柳侵眉宇.³⁸⁾
淸揚宛自憐,³⁹⁾ 點點無他語.⁴⁰⁾
偶逢凉風來, 擧手招夫婿.⁴¹⁾
自謂昔所親, 懽言陳縷縷.⁴²⁾

---

34) 借問(차문): 고시에서 늘 쓰이는 가설적 의문어로 대체로 상구에 쓰며, 하구는 작
    자가 자답(自答)하는 형식을 취함.
35) 結(결): 짓다. 華綺(화기): 화려하다. 화려하고 아름다운.
36) 逶迤(위이): 구불구불한 모양.
37) 穠姿(농자): 화려한 자태.
38) 眉宇(미우): 눈썹과 이마의 사이. 집의 처마를 이름.
39) 淸揚(청양): 미목(眉目)이 수려함. 宛(완): ~인 듯하다. ~를 방불케 하다.
40) 點點(점점): 고개 끄덕이다.
41) 夫婿(부서): 남편.
42) 縷縷(누루): 세세한 모양. 끊임없다. 편지 말미에 쓰는 말.

옛 시인의 시의(詩意) 따라

그리워하는 이 누군가?
붉은 누각 화려하고 곱게 지어졌는데
누각은 높아 어찌나 감돌며 연이었던지
푸른 산 멀리서 마주해 일어났다.
복사꽃 화려한 자태 드러내고
버들 늘어진 처마로 침입하고는
수려한 미모를 스스로 가련히 여기듯이
고개 끄덕이며 다른 말 하지 않았다.
우연히 서늘한 바람 맞자
손들어 남편 불러
스스로 예전에 친했던 이라 말하며
즐거운 말 구구절절 늘어놓았다.

【해제】남편이 미모의 여인을 좋아해 조강지처를 멀리한데서 생긴 비애를 읊었다. 먼저 남편이 그리워하는 여인이 지내는 누각의 형상을 묘사한 뒤 "복사꽃 화려한 자태 드러내자 버들 늘어진 처마로 침입했지!"로 실총(失寵)의 과정을 진술했고, "우연히 서늘한 바람 맞자, 손들어 남편을 불렀지!"는 실총을 회복하고픈 바램을 술회했다. 끝 연은 남편의 환심을 회복하려는 의도의 표현으로 자신의 비애를 극대화 시킬 수 있었다.

秋夜

露氣濕靑桂, 蕭瑟悲蘭房.43)
草木有黃落,44) 鴻雁俱南翔.
時運無停軌,45) 深夜激中腸.46)
舍琴起四顧, 含涕徒徬徨.47)

---

43) 蕭瑟(소슬): 나무에 부는 바람소리. 蘭房(난방): 향기로운 규방. 여인이 거처하는 곳.
44) 黃落(황락): 나뭇잎이 시들어 떨어지다.
45) 時運(시운): 시절의 운행. 절기의 변화.
46) 中腸(중장): 속마음.
47) 含涕(함체): 눈물을 머금다.

가을밤

이슬 기운이 푸른 계수나무를 적시니
처량해져 규방의 여인 슬퍼지네.
초목 누렇게 시들어 떨어지자
큰 기러기 모두 남쪽으로 날아가네.
절기 변화의 운행 멈춘 궤적 없기에
한 밤중에 속마음 요동치네.
거문고 떨치고 일어나 사방을 둘러보고
눈물 글썽거리며 부질없이 방황하네.

【해제】 가을밤 자연의 변화를 통해 느낀 인간이 지닌 생래의 비애를 읊었다. 이
슬 내려 나뭇잎은 시들고 철새 날아가는 가을 절기가 다시 오자 거문고를 연주하
던 시인의 감정은 격하게 되어, 시인은 "사방을 둘러보며" 서글픔에 눈물 머금게
되었다. 이는 절기의 변화로 생기는 순수한 정감이다. 서글픈 심리 묘사가 논리
성을 띠는 특성을 보였다.

청초(清初) 왕단숙(王端淑)의 『명원시위초편(名媛詩緯初編)』에서 선시(選詩) 한
2수 중 1수이다. 다른 한 수는 「춘규효월(春閨曉月)」로 『호승집시초』에는 보이지
않는다. 왕단숙은 『명원시위초편(名媛詩緯初編)』에서 범곤정을 소주인(蘇州人)이
라고 소개하고 이 2수를 선시한 뒤, 이 2수에 "두 수의 시는 이(利)를 구함이
없이 마음이 화평하고 유려하여 구속이 없기에 뛰어난 곳마다 재화(才華)를 드러
내니 풍아에서 멀지 않다. 속되어 번잡함을 지녔다 해도 걸림이 없다(二詩, 恬雅
流宕, 每于逸處見才情, 是以去風雅不遠. 雖備帶俗冗, 亦無礙也)"라고 호평하였다.

聽君達四叔彈琴48)

吾叔千古士, 抱琴游花間.
泠泠發淸響,49) 心與情俱閒.
楚雲巫峽靜,50) 湘水碧潭寒.51)
虛林振飛瀑,52) 急雨誼空山.53)
聽者俱掩面, 涙下各潸潸.54)
此調鍾期死,55) 今人誰復彈.

48) 君達(군달): 군달은 넷째 숙부의 아호로 보임.
49) 泠泠(냉령): 선율이 맑고 그윽하다.
50) 楚雲(초운): 초(楚) 땅 하늘의 구름.
51) 碧潭(벽담): 깊은 물.
52) 飛瀑(비폭): 폭포.
53) 誼(훤): 떠들썩하다.
54) 潸潸(산산): 눈물이 끊임없이 흐르는 모양.
55) 鍾期(종기): 춘추(春秋)때 초나라 종자기(鍾子期)로 백아(伯牙)의 연주를 감상했던
   지음(知音)이었다.

넷째 군달 숙부의 거문고 연주 듣고

우리 숙부 천고의 선비로
거문고 안고 꽃 사이에서 노니시며
은은하게 맑은 소리 내셨음은
마음과 뜻이 모두 한적하셔서지오!
초 땅의 구름은 무협에서 고요했고
상수는 벽담에서 싸늘했으며
조용한 숲은 나르는 폭포로 진동되었고
세찬 비는 빈 산을 떠들썩하게 만들었네.
듣는 이들 모두 얼굴 가리고
각자 눈물 주룩주룩 흘렸네.
종자기 죽었으니 이 가락
지금 누가 다시 연주하려나?

【해제】 넷째 숙부의 거문고 연주 소리를 듣고 느낀 감회를 읊었다. 숙부는 거문고 연주 속에 한적함을 좋아하는 선비임을 밝힌 뒤, 숙부의 거문고 소리가 변화무쌍하여 감동적임을 술회했고, 이어서 연주가 끝난 뒤 청자의 반응을 종자기(鍾子期) 고사로 인증하였다.

感秋

物候秋自佳,⁵⁶⁾ 晴輝麗林麓.⁵⁷⁾
元蟬鳴遠條, 黃鳥向空谷.
灝氣薄靑旻,⁵⁸⁾ 夕陽滿平陸.⁵⁹⁾
蕭蕭商風來, 一感百形蹙.
傷往不可追, 悲來驚局促.⁶⁰⁾
撫躬每自思,⁶¹⁾ 流光何太速.⁶²⁾
毋使白露零, 萬化歸幽獨.⁶³⁾

56) 物候(물후): 시절. 계절.
57) 林麓(임록): 산림(山林).
58) 灝氣(호기): 하늘에 가득 찬 기운. 薄(박): 닥치다. 가까워지다.
59) 平陸(평육): 평원, 육지.
60) 局促(국촉): 시간이 급박하다.
61) 撫躬(무궁): 자신을 스스로 돌이켜보다. 자신에게 묻다.
62) 流光(유광): 흘러가는 세월.
63) 萬化(만화): 만사만물. 대자연. 幽獨(유독): 고요하여 고독함. 외로운 곳.

가을에 느껴

계절로 가을이 절로 아름다움은
개운한 빛 산림을 곱게 해선데
큰 매미 먼 가지에서 울고
누런 새 빈 계곡 향해 나네.
천상의 맑은 기운 푸른 하늘에 가까워지고
석양빛 평원에 가득하네.
쓸쓸히 가을바람 불어오니
온갖 형상 일그러짐을 온통 느끼네.
지난 것 좇아갈 수 없어 마음 상하고
오는 세월에 놀라 급박해지니 서글프네.
자신에게 물으며 스스로 생각할 때마다
세월은 어찌 그리도 빠른지!
흰 이슬 방울져
만물을 외로운 곳으로 돌아가지 말게 했으면!

【해제】 가을에 느끼는 적막감을 점층적으로 술회하였다. 쓸쓸한 가을을 호기(灝氣)·청민(靑旻)·평륙(平陸)·상풍(商風)과 같은 표현 속에 원선(元蟬)·황조(黃鳥)를 등장시켜 만상이 쇠잔함을 실감케 하였다. 연이어 흐르는 세월에 대한 조바심을 읊으면서 져 가는 가을을 만류하고픈 심경을 형상함으로써 비상(悲傷)하는 이유를 밝힐 수 있었다.

釣竿行64)

十日理一絲, 五日治一餌.
投之長流中, 白石何齒齒.65)
江水淸如油, 江魚疾如駛.66)
寄語江頭翁, 貪意良可已.

64) 釣竿(조간): 고곡명(古曲名). 진(晉), 최표(崔豹)『고금주·음악(古今注·音樂)』에「釣竿(조간)」은 백상자(伯常子) 처가 지었다. 백상자가 원수를 피해 어부노릇을 하자 그 처가 그를 그리워해 물가에 올 때 마다「조간」이란 노래를 지었다. 그 뒤로 사마상여(司馬相如)가「조간」을 지어, 지금에 전하기에 고곡(古曲)이 되었다.
65) 齒齒(치치): 가지런하다.
66) 駛(사): 말이 빠르게 달리다.

낚시 하는 노래

열흘 만에 낚싯줄 한 가닥 다듬고
닷새 만에 미끼 하나 손질해
긴 강물 속에 던지니
하얀 돌 얼마나 가지런하던지!
강물은 기름 같이 맑고
물고기는 말 달리듯 빨라
강가의 늙은이에게 말 부쳐
"탐하는 마음 진실로 그칠 수 있다"고 했네.

【해제】 낚시하기 위해 온 정성을 다해 준비해 낚시질을 했으나 뜻과 같이 않음을
알고 낚시의 참 뜻이 탐욕스러운 마음을 버리는 데 있음을 우의(寓意)하였다. 악
부체의 특징인 진솔함을 그대로 드러내었다.

對酒憶藁砧67)

推窓問明月, 清光松際來.
對酒思藁砧, 佳期安在哉.68)
天高鴈影沒, 夜靜水聲哀.
望遠轉愁結,69) 流雲何處回.70)

---

67) 藁砧(고침): 稿砧(고침)으로도 쓰며 남편을 말함. 고대 중국에서 사형집행 시, 사형
   수를 볏짚자리(稿席) 위 침상(砧上)에서 부(鈇)로 목을 베었기에 고침(稿砧)으로 부
   (鈇)를 대신하였다. '부(鈇)'자와 '부(夫)'자는 해음(諧音)이기에 남편을 이르는 은어
   가 됨.
68) 佳期(가기): 좋은 시절.
69) 轉(전): 점점 더. 愁結(수결): 근심스럽고 우울하다.
70) 流雲(유운): 떠도는 구름. 남편을 가리킨다.

술 마주하니 남편 생각 나

창 열고 밝은 달 찾으니
맑은 빛 소나무 사이에서 나오네.
술 마주하니 남편 생각나건만
좋은 기약 언제 있으려나?
하늘 높아 기러기 그림자 사라지고
밤 고요해져 물소리도 구슬프네.
멀리 바라보니 더욱 수심 맺히는데
떠가는 구름은 어디로 돌아가나?

【해제】 객지를 떠도는 남편이 빨리 돌아오시길 바라는 마음을 읊었다. 소나무 사이로 뜬 달이 밝은 밤, 술잔 들고 남편을 그리는 심경을 술회하고는 달 뜬 밤의 경상(景象)을 "천고(天高)", "안영(鴈影)", "야정(夜靜)", "수성(水聲)"으로 형상함으로써 멀리 보면 볼수록 수심 깊어짐을 실감게 하였다.

秋閨曲

殘月流淸輝, 寒光薄綺幃.71)
悄然開西窓,72) 涼飇復吹衣.73)
庭花香脈脈,74) 蟲吟徒喞喞.75)
四顧無人聲, 空堦還佇立.
立久意凄凄, 含情獨暗啼.
妾居東海曲,76) 夫戍隴頭西.77)
隴西寒氣早, 八月摧芳草.
此時應授衣,78) 愁心慁如擣.79)

71) 薄(박): 가까이 오다, 다가오다.
72) 悄然(초연): 슬프고 비통해하는 모양.
73) 涼飇(양표): 가을바람.
74) 脈脈(맥맥): 계속되고 끊이지 않는 모양.
75) 喞喞(즐즐): 새나 곤충이 우는 소리.
76) 海曲(해곡): 바닷가.
77) 隴頭(농두): 농산(隴山)으로, 서안(西安), 은천(銀川), 난주(蘭州) 세 성이 만나는 삼각지대의 중심 지역이다. 시에서는 머나 먼 변새지역으로 쓰였다.
78) 授衣(수의): 겨울옷을 준비하다. 고대에는 9월이 되면 겨울옷을 준비했다. 『시경(詩經)·빈풍(豳風)·칠월(七月)』에서 "7월에는 화성이 서쪽으로 내려가고, 9월에는 겨울옷 준비하네.(七月流火, 九月授衣.)"라고 썼다.
79) 慁如擣(역여도): 절구 공이 찧듯 마음 상하다. 『시경(詩經)·소아(小雅)·소변(小弁)』에 "내 마음이 우울하여 마치 절구 공이 찧듯 마음 상하네.(我心憂傷, 惄焉如擣.)"라는 구절이 있다.

가을날 규방의 노래

지는 달 맑은 빛 흘리니
차가운 달빛 비단휘장으로 다가와
슬프게 서쪽 창문 여니
가을바람 또 다시 옷으로 불어오네.
뜰에 핀 꽃향기 끊임없고
벌레는 부질없이 찌르르 울어
사방을 둘러봐도 인기척 없기에
빈 계단에 다시 우두커니 섰네.
오래 서 있을수록 마음 서글퍼
정 머금고 홀로 몰래 움은
아낙은 동쪽 바닷가에서 지내는데
지아비는 농서 땅에 수자리에 들어서네.
농서 땅 추위가 빨라
팔월이면 방초가 시들기에
이때는 겨울옷 준비해야 하건만
수심 이니 절굿공이 찧는 듯 마음 상하네.

【해제】 가을 밤 남편 생각으로 수심이 깊어짐을 읊었다. 매 4구마다 환운(換韻)해 심경의 변화를 드러냈다. 첫 4구는 차가운 달빛이 지면서 휘장에 비쳐 창문을 열고 가을바람 맞는 심경을 그렸고, 다음 4구는 창문 밖의 야경과 적막을 묘사해 그리움과 기다림을 엿보게 하였다. 그 다음 4구는 변방을 지키는 남편을 그리는 마음이 시간이 흐를수록 애절해짐을 묘사했고, 끝 4구는 추위가 일찍 오는 변방의 가을을 상상하면서 그리움으로 오는 고통을 드러냈다.

春暮憶藁砧

恨望古堤上,⁸⁰⁾ 迢迢起遠思.⁸¹⁾
歲月去已遠, 乃是暮春時.
燕來深巷多,⁸²⁾ 花落小園稀.
離情煙水濶,⁸³⁾ 別意何依依.⁸⁴⁾
茹蘗不知苦,⁸⁵⁾ 無然念故知.⁸⁶⁾

80) 悵望(창망): 슬픈 마음으로 바라보다.
81) 遠思(원사): 심원한 사려(思慮). 여기서는 멀리 계신 임 생각을 뜻함.
82) 深巷(심항): 매우 긴 골목길.
83) 煙水(연수): 안개가 자욱이 깔린 수면(水面).
84) 依依(의의): 아쉬워하는 모양, 섭섭해 하는 모양.
85) 茹(여): 먹다. 蘗(벽): 식물이름. 당귀(當歸).
86) 無然(무연): 이처럼 ~말게! 故知(고지): 옛 친구. 곧 남편을 칭함.

봄 저물어 남편 생각 나

옛 둑 위에서 슬프게 바라보니
멀리 계신 님 아득히 생각나네.
세월은 흘러 이미 멀어졌으니
바로 봄 저무는 때라네.
제비 날아와 깊은 골목에 많아졌고
꽃은 져 작은 정원에 드물어졌네.
이별의 정은 안개 낀 강물처럼 드넓어지니
헤어진 뜻이 어찌나 섭섭하던지?
당귀 먹어도 쓴 맛을 모르니
이처럼 남편을 그리지는 말아야지!

【해제】 늦봄에 먼 곳에 계신 남편에 대한 그리움을 읊었다. 봄이 다 가는데도
남편이 돌아오지 않음을 서글퍼한 뒤, 지나치게 그리워하지는 말자는 다짐으로
자신을 추슬렀다. 이로써 상심의 정도를 엿보게 하였다.

偶成

桃李媚春姿, 松柏厲霜節.[87)
各含造化私, 寒暑終年別.[88)
今朝兩地思, 淚溢衷難說.
白雲阻重關,[89) 孤鴻畏深雪.
去去事多謬, 栖栖心欲折.[90)
兩字義與思, 之死銘不滅.

---

87) 厲(여): 勵(여)와 같다. 霜節(상절): 굳은 절개.
88) 終年(종년): 수명을 다함. 전년(全年).
89) 阻(조): 막다. 重關(중관): 매우 깊숙한 곳에 있는 관새(關塞).
90) 栖栖(서서): 바쁘고 불안한 모양.

우연히 지어져

복숭아꽃 자두 꽃 봄 자태가 고운데
소나무 측백나무는 굳은 절개 엄숙히 하네.
각각 조화가 사사로워
추위와 더위로 수명을 달리하네.
오늘 아침 두 땅에서 그리워져
눈물 넘쳐흐르니 속마음 말하기 어렵네.
흰 구름은 험준한 요새에서 막히는데
외로운 기러기는 깊게 쌓인 눈을 두려워하네.
가면 갈수록 일 더욱 어긋나
쓸쓸하고 외로워져 마음 꺾이려 하나
의리와 그리움이라는 두 글자
죽도록 지워지지 않게 새기리!

【해제】 이별한 임을 그리며 정절을 지키려는 다짐을 읊었다. 도리(桃李)와 송백 (松柏)의 본성을 대조시켜 만물은 사사로운 조화를 지녔음을 제기함으로써 두 사람의 처지와 심경이 다를 수밖에 없음을 비유하였다. 이어 이별 후 시인의 쓸 쓸한 심경과 떠나간 임이 적막하게 지냄을 읊어 함께 할 수 없는 처지를 그렸다. 끝 2구는 정절을 지킬 것을 다짐하면서 상심을 극복하는 방법은 의(義)와 그리움 (思)을 새기는 것 뿐 임을 강조하였다.

擬古 其一

明月飛淸鏡, 黃流注玉壺.⁹¹⁾
遙思天外路, 鴈影冷菰蘆.⁹²⁾
蟋蟀悲牀下,⁹³⁾ 西風吹蕙枯.
淒然感時序,⁹⁴⁾ 淚灑綠蘼蕪.⁹⁵⁾

---

91) 黃流(황류): '술'을 가리킴. 玉壺(옥호): 술 항아리의 미칭.
92) 菰蘆(고로): 향초와 갈대. 은자의 거처를 비유함.
93) 蟋蟀(실솔): 귀뚜라미. 『시경(詩經)·빈풍(豳風)·칠월(七月)』에 "10월에 귀뚜라미가 내 침상 아래로 들어온다(十月蟋蟀, 入我牀下)"로 쓰였다.
94) 時序(시서): 계절.
95) 蘼蕪(미무): 구릿대. 「옥대신영(玉臺新詠)」, 「상산채미무(上山采蘼蕪)」 시 말미에 "산에 올라서는 구릿대를 캐고, 산을 내려오다 옛 남편 만나, 무릎 꿇고 옛 남편에 묻네. '새 부인이 또 어떠한지요?'(上山采蘼蕪, 下山逢故夫. 長跪問故夫, 新人復何如?)"라 하였다.

고시를 본떠 (제 1수)

밝은 달이 맑은 거울같이 날기에
옥항아리에 술을 붓네.
하늘 밖 길 아득히 그리워짐은
기러기 그림자가 은자 거처를 싸늘히 해서네.
귀뚜라미는 침상 아래에서 슬퍼하고
가을바람 불어 혜초를 시들게 하니
쓸쓸히 계절에 느끼어
푸른 구릿대에 눈물 뿌리네.

【해제】 옛 시를 모방하여 가을밤의 쓸쓸한 심경을 읊었다. 달 밝은 밤에 술을
마주해 임을 그리는 모습을 묘사한 뒤, 이별로 인한 슬픔을 귀뚜라미에, 피폐해
진 자신의 모습을 혜초에 투영하여, 시인의 우수를 드러내었다. 시적 화자는 자
신의 남편 역시 자기를 버리고 새로운 여인을 만나지 않을까 하는 걱정으로 구릿
대에 눈물을 뿌린다고 하였다.

擬古 其二

百尺飛雲樓,96) 晴空卷羅幕.
美人倚微風, 幽思薄寥廓.97)
樓前夭桃開,98) 顏色何灼灼.99)
秋風一夜嚴, 芳菲何處託.100)
含愁復含愁, 垂垂下珠箔.101)

---

96) 雲樓(운루): 하늘을 찌를 듯이 높은 누대.
97) 幽思(유사): 깊게 생각하다. 寥廓(요확): 높고 드넓은 하늘. 심원함.
98) 夭桃(요도): 아름답고 화려한 복사꽃.『시경(詩經) · 주남(周南) · 도요(桃夭)』에
    "아름다운 복사꽃, 선명한 그 꽃이여!(桃之夭夭, 灼灼其華.)"라고 하여 '요도(夭桃)'
    는 젊은 여성의 아름다운 용모를 상징함.
99) 灼灼(작작): 선명한 모양.
100) 芳菲(방비): 향기.
101) 垂垂(수수): 아래로 떨어지는 모양. 珠箔(주박): 주렴. 또는 주렴 같은 눈물.

고시를 본떠 (제 2수)

백 척 높이로 구름 나르는 누대는
활짝 갠 하늘이라 휘장 거쳤네.
미인이 산들 바람에 의지하니
그윽한 그리움 드넓은 하늘로 다가가네.
누대 앞에 싱그러운 복사꽃 피니
그 빛깔 얼마나 선명한지!
가을바람 밤새껏 매서우니
꽃향기를 어디에 의지하나?
근심 품고 또 근심 품게 되니
주렴 같은 눈물 주르륵 흐르네!

【해제】 고시를 모방해 임과의 이별에서 온 외로움을 읊었다. 지체 높은 집 여인
이 임을 그리는 마음이 드넓은 하늘로 다가감을 형상한 뒤, 시인을 싱싱한 복사
꽃에 비유하여 임에게 향기를 전할 수 없는 처지를 서글퍼하였다.

少年行102)

年少五陵子, 103) 翩翩五花馬. 104)
繡領紫貂裘, 105) 寶刀白玉靶. 106)
溫酒醉佳人, 烹羊享從者. 107)
歸入長干樓, 108) 雪花滿平野.
翠羽圍春風, 109) 瓊筵趨妖冶. 110)
夜深蠟炬紅, 煖豔鴛鴦瓦. 111)

102) 少年行(소년행): 악부(樂府), 잡곡가사(雜曲歌辭) 명칭. 대체로 소년의 경생중의(經生重義), 임협유락(任俠遊樂)을 읊음.
103) 五陵子(오릉자): 수도에 사는 귀족 자제.
104) 翩翩(편편): 행동이 가볍고 빠른 모양. 五花馬(오화마): 갈기가 장식된 말. 당(唐)나라 사람들이 말의 갈기를 잘라 꽃받침처럼 장식하길 좋아 해 유래된 명칭.
105) 貂裘(초구): 담비가죽으로 만든 겉옷.
106) 寶刀(보도): 기병이 휴대하는 군도(軍刀). 玉靶(옥파): 옥을 박은 칼자루.
107) 從者(종자): 따르는 사람. 시종.
108) 長干(장간): 고대의 마을 건강(建康). 강소성(江蘇省) 남경시(南京市) 남쪽에 있다. 남경을 이름.
109) 翠羽(취우): 물총새의 푸른 깃털로 장식한 술잔을 가리킴.
110) 瓊筵(경연): 성대한 연회. 趨(추): ~로 향하다. 가까이하다. 妖冶(요야): 아름답고 곱다. 미녀를 이름.
111) 鴛鴦瓦(원앙와): 쌍을 이룬 기와.

젊은이의 노래

부잣집 젊은 자제
날렵하게 오화마 탔는데
수놓인 옷깃에 자줏빛 담비 갖옷 입었고
백옥으로 장식한 보검을 지녔네.
따뜻한 술은 아름다운 여인을 취하게 하련만
삶은 양고기는 시종이 누리게 하네.
돌아가며 장간의 누대로 들어가니
눈꽃이 평야를 채웠네.
깃털로 장식한 술잔엔 봄바람 감도는데
성대한 연회엔 미녀를 가까이 하네.
밤 깊어 촛불 붉어지니
따스하고도 고와지는 짝진 기와.

【해제】부귀한 집안 젊은이의 기개와 화려한 연회 장면, 그리고 애정 행각을 읊었다. 젊은이가 탄 말, 값진 옷, 보검 등과 같은 물상을 나열해 부귀함을 드러낸 후, 장간의 누대에 입성한 젊은이가 성대한 연회를 열어 즐기는 장면을 묘사하고는, "원앙와(鴛鴦瓦)"로 여인과 사랑을 나눔을 암시하였다.

送藁砧入都

轉蓬因霜萎,¹¹²⁾ 落葉隨風翻.
君子將遠行, 安知于役煩.¹¹³⁾
叢棘遍長坂,¹¹⁴⁾ 悲風吹荒樊.
妾恐重離別, 人前未敢言.

---

112) 轉蓬(전봉): 바람 따라 날아다니는 봉초(蓬草). 나그네를 비유함.
113) 于役(우역): 행역(行役). 행역하다. 『시경(詩經)· 왕풍(王風)· 군자우역(君子于役)』에
    "임께서 행역 가시어, 돌아올 때를 모르시네.(君子于役, 不知其期.)"라는 구가 있다.
114) 叢棘(총극): 무성한 가시나무. 長坂(장판): 긴 산비탈. 長阪(장판)으로도 씀. 판

도성으로 들어가는 남편을 전송하며

구르는 쑥대는 서리에 시들어 가는데
지는 잎은 바람 따라 펄럭이네요.
임께서 멀리 가시지만
행역의 번거로움 어찌 헤아리리오!
무성한 가시나무는 긴 산비탈에 퍼졌을 텐데
슬픈 바람은 버려진 울타리로 불어오네요.
저는 거듭되는 이별이 두려워
임 앞에서 감히 말도 꺼내지 못하지요!

【해제】도성으로 떠나는 남편을 걱정하는 마음과 이별의 슬픈 심경을 읊었다.
"무성한 가시 비탈"과 "버려진 울타리"를 사이로 해 이별한 뒤에 시인과 남편이
겪어야 할 심적 고통을 암시하면서, 남편에 대한 애틋한 애정을 언외(言外)로 드
러내었다.

傷懷

吾悲秋風高, 寸心恒惻惻.115)
鐙冷半無光, 絡緯終宵織.116)
又聞轆轤聲,117) 斷續金井側.118)
嚴霜永夜零, 百卉凋顔色.
歲月狂若馳, 慈幃掩難卽.119)
反袂掩雙眸,120) 淚痕不可拭.

115) 惻惻(측측): 비통하고 처량함.
116) 絡緯(낙위): 베짱이.
117) 轆轤(녹로): 도르래.
118) 斷續(단속): 끊였다가 이어졌다를 반복함. 金井(금정): 난간이 장식된 우물.
119) 慈幃(자위): 어머니의 대칭.
120) 反袂(반몌): 옷소매로 눈물 닦다.

상심(傷心) 하여

내가 가을바람 높아짐을 슬퍼함은
마음이 항상 처량해서지!
등잔불 차가워져 반쯤 빛을 잃었는데
베짱이 밤새도록 베를 짜네.
다시 들리네! 도르래 소리
우물 옆에서 이어졌다 끊임이!
매서운 서리 긴 밤에 방울져 내리니
온갖 꽃빛깔 바래는데
세월은 허망하게도 달리듯 지나가고
어머니는 묻혀 의지하기 어렵기에
흐느끼며 두 눈동자 가리니
눈물 흔적 닦을 길 없네.

【해제】가을이 쓸쓸하게 다가오니 가을밤에 외로움은 커져 상한 감정이 더욱 깊어짐을 읊었다. 희미해지는 불빛, 베짱이 울음소리와 도르래 소리, 시들어가는 꽃으로 화자의 정감은 더욱 처량해지는데, 어머님조차 뵐 수 없기에 서글픔은 극에 달함을 술회하였다. 추야(秋夜)의 비애를 엿볼 수 있다.

칠언고시_38수

정 머금고 수심어려 빈 뜰에 앉은 밤
달빛 흰데 소리 없이 계수나무 꽃 떨어지네.

古意

小婦汲淸水,[121]　私漑宜男草.[122]
宜男花正開, 秋風苦又早.
少年夫壻向天涯, 靑銅半死未還家.
含情愁坐空庭夜, 月白無聲落桂花.

---

121) 汲(급): 물을 긷다.
122) 漑(개): 물을 대다. 宜男草(의남초): 원추리(망우초)의 다른 이름. 임신한 여인이 지
　　　니면 아들을 낳는다고 해 부쳐진 이름. 의남화(宜男花)라고도 한다.

옛 시인의 시의(詩意) 따라

젊은 아낙 맑은 물 길음은
남몰래 원추리 밭에 물 주려 해선데
원추리 꽃 막 피고 보니
가을바람 매서운데다 일찍도 왔네.
젊은 남편 하늘 끝으로 가서
청동 검에 다 죽어가도 집으로 돌아오지 않네.
정 머금고 수심어려 빈 뜰에 앉은 밤
달빛 흰데 소리 없이 계수나무 꽃 떨어지네.

【해제】 남편을 전쟁터로 떠나보내고 홀로 지내는 여인의 처량한 심경을 읊었다. 정성껏 기른 원추리 꽃이 시드는 장면으로 아들을 얻을 수 없는 허탈한 심경을 함축한 뒤, 돌아오지 않는 남편을 그리워하며 빈 뜰에 처량하게 앉아 있는 모습을 형상하였다. 아들을 낳으려는 의도를 드러낸 데다 남편의 죽음을 예감한 시이기에 비애감이 크다.

昔日

手援藁砧衣, 下階聽虛籟. [123)
迴榭微風來, [124) 飄搖動繡帶. [125)
繡帶長含百和香, [126) 香生寶帳漏初長.
酒殘夜寂推窓望, 塵暗菱花片月黃. [127)

---

123) 虛籟(허뢰): 바람. 당(唐) 두보(杜甫) 「유용문봉선사(遊龍門奉先寺)」 시에 "깊은 계
곡에는 바람 일고, 달 뜬 숲으로 맑은 빛 흩어지네(陰壑生虛籟, 月林散淸影)"라는
구절이 보인다.
124) 迴榭(형사): 높은 대(臺).
125) 飄搖(표요): 바람이 나부끼다.
126) 百和香(백화향): 각종 향료가 섞여 나는 향.
127) 菱花(능화): 능화경(菱花鏡)의 준말로 동(銅)으로 만든 육각형 거울. 뒷면에 능화를
새겼음.

지난 날

손으로 남편 옷 끌어당기다가
섬돌로 내려와 바람 소리 듣네.
높은 누대로 미풍 불어오니
나부껴 수놓인 허리띠를 흔드네.
수놓인 허리띠 길어 온갖 향기 머금었건만
향기 내는 화려한 휘장엔 물시계 소리 막 길어졌네.
술기운 남아 밤 적막해져 창 밀고 바라보니
먼지가 거울을 어둡게 하여 조각달도 누러네.

【해제】거울에 먼지 끼도록 오랜 기간 동안 긴 밤을 홀로 지새우며 남편을 그리
던 감정을 직접적으로 노출하지 않고, 남편의 옷ㆍ허리띠와 물시계ㆍ거울 등과
같은 물상을 형상하여 그리운 정을 드러내는 묘미를 보였다.

展先大人墓[128]

北風獵獵歲云暮,[129] 躑躅空山愴回顧.[130]
兎走狐眠歲月深,[131] 松楸中有嚴親墓.[132]
吁嗟乎!
生時意氣蓋九州,[133] 崑崙大磧收雙眸.[134]
一朝炯炯光墮地,[135] 蕭然歸此道.
左之林邱衰草悲,[136] 春風枯楊泣殘月.
一抔黃土封寒山,[137] 三尺蓬蒿冷白骨.[138]
人言有女勝無兒, 吾親有子益增悲.
海天漠漠無涯路, 一閟九原知不知.[139]

128) 展(전): 살피다.
129) 獵獵(엽렵): 의성어. 바람이 불 때 내는 소리.
130) 躑躅(척촉): 배회하며 앞으로 나아가지 아니함.
131) 兎走狐眠(토주호면):『채근담(菜根譚)』에 "여우가 자는 무너진 섬돌과 토끼 달리는
     황폐한 누대는 모두가 그 때 노래하고 춤추던 곳이었다(狐眠敗砌, 兎走荒台, 盡是
     當年歌舞之地)"라는 구절이 보인다.
132) 松楸(송추): 소나무와 가래나무로 주로 묘지에 심는다. 嚴親(엄친): 부모 혹은 단독
     으로 부친을 가리킨다.
133) 九州(구주): 천하(天下). 혹은 중국(中國) 전체를 이름.
134) 磧(적): 사막.
135) 炯炯(형형): 빛이 밝은 모양.
136) 左之: '춘풍(春風)'의 대(對)가 되어야하기에 오자로 보임
137) 抔(부): 움큼.
138) 蓬蒿(봉호): 민망초와 쑥. 수풀을 가리킴.
139) 閟(비): 닫다 혹은 매장하다. 九原(구원): 황천(黃泉).

돌아가신 아버지 묘를 살피며

북풍 쏴쏴 불며 한 해 저문다 해
빈 산 배회하며 슬프게 돌아보니
토끼 달아나고 여우 잠자는 곳 됨은 세월 길게 흘러 선데
소나무 가래나무 가운데 선친의 묘가 있네.
아아! 살아 계실 적에 의기가 구주를 덮었기에
곤륜의 넓은 사막에서 두 눈동자 거두셨지.
하루아침에 밝은 빛이 땅으로 떨어져
쓸쓸히 이 길로 돌아가시니
왼쪽 숲 무덤을 시든 풀이 슬퍼했고
봄바람의 마른 버들은 지는 달에 흐느꼈지.
한 움큼의 황토 되어 차가운 산에 묻혔으니
세 자 되는 쑥은 백골을 싸늘케 했네!
사람들 딸 둠이 자식 없는 것보다 낫다했지만
내 아버님 자식 있어 슬픔만 더하셨지!
바다위의 하늘 아득하여 길 끝없거늘
황천에 갇히셨으니 선친께선 아시는지!

【해제】돌아가신 아버지 묘소를 찾은 감회를 읊었다. 오랜 세월이 흐른 뒤에 아버지 무덤을 찾았음을 말한 뒤, 살아계실 적 아버지의 모습을 회상하고는 돌아가실 당시 초목조차 흐느낄 정도로 온 세상이 슬퍼했음을 술회하였다. 특히 딸로서 아버지를 그리워하는 마음을 곡진히 묘사했기에 만가(輓歌)의 비애를 함축할 수 있었다.

讀眉公先生詩140)

眼底何人眞不朽,141) 蓺苑詞壇摠芻狗.142)

葉公好龍君知否,143) 倘遇眞龍直驚走.144)

眉公故是霹靂手,145) 能挽天河吸北斗.

千言奔筆獅子吼, 光晶磊落連城剖.146)

眉公先生誰與偶, 前三百兮後十九.147)

庭前有花盃有酒, 山中日日開笑口.

羣輩烏烏徒擊缶.148)

140) 眉公(미공): 진계유(陳繼儒1558-1639)의 호. 화정인(華亭人)으로 자(字)는 중순(仲醇)이며 미도인(糜道人)이라 자호(自號)하였고, 무명조도(無名釣徒)라고 하였다. 『명사(明史)·은일전(隱逸傳)』에 의하면 어려서 총명하여 문장에 능해 같은 군 서계(徐階)가 특히 중시했으며, 성장해서는 제생(諸生)이 되어 동기창(董其昌)과 명성을 같이하였고, 29세에 유가의 의관을 불태워 버리고 만년에는 동사산(東佘山)에 은둔해 두문불출 저술하였다고 한다. 시문에 능하여 짧은 문장과 소령(小令)에서 정취(情趣)를 다했고 회화(繪畵)에도 능했던 박학다식한 문인이었다.

141) 眼底(안저): 안중(眼中). '현재'라는 뜻으로도 쓰인다.

142) 蓺苑(예원): '예원(藝苑)'과 같다. 문예계를 일컬음. 詞壇(사단): 문단(文壇). 摠(총): 모두. '總'과 같다. 芻狗(추구): 풀을 엮어 만든 개. 고대(古代) 제사에 쓰인 바, 미천하고 쓸데없는 물건을 이른다.

143) 葉公好龍(섭공호룡): 섭공(葉公)은 춘추(春秋) 시기 초(楚)나라의 귀족으로, 이름은 자고(子高)이며 섭[葉: 옛 고을 이름으로 현재의 하남(河南), 엽현(葉縣)임]에 봉해졌다. 한(漢) 유향(劉向)은 『신서(新序)·잡사(雜事)』에서 "섭공인 자고는 용을 좋아하여, 갈고리로 용을 본뜨고, 끌로 용을 옮겨놓았으며, 집에 무늬를 새겨 용을 그려내었다. 이에 용이 소문을 듣고 내려와 머리를 들이밀고 창에 꼬리를 펼쳤다. 섭공이 이를 보고 물리치며 뒤돌아 도망침에 혼비백산하여 허둥지둥하였다. 이는 섭공은 용을 좋아하지 않은 것으로, 좋아한 것은 용을 닮은 것이지, 용은 아니었다.(葉公子高好龍, 鉤以寫龍, 鑿以寫龍, 屋室雕文以寫龍. 於是夫龍聞而下之, 窺頭於牖, 施尾於堂. 葉公見之, 棄而還走, 失其魂魄, 五色無主. 是葉公非好龍也, 好夫似龍而非龍者也.)"라고 기술하였다.

144) 倘(당): 만일 ~한다면.

145) 霹靂手(벽력수): 민첩해 재치 있고 명성이 높은 사람을 이름.

146) 光晶(광정): 빛. 빛나다. 磊落(뇌락): 밝은 모양. 連城(연성): 화씨벽(和氏璧). 전국(戰國)시기 진(秦) 소왕(昭王)이 조(趙) 혜문왕(惠文王)에게 편지를 보내 15개성과 바꾸려 했기에 이처럼 불림. 『사기(史記)·염파인상여열전(廉頗藺相如列傳)』 참조.

147) 三百(삼백): 시삼백(詩三百), 즉 『시경(詩經)』을 가리킴. 十九(십구): 「고시십구수(古詩十九首)」를 이름.

148) 羣輩(군배): 붕배(朋輩). 동류(同類). 烏烏(오오): 노래 부르는 소리. 擊缶(격부): 장군을 두드리다. '缶(부)'는 흙을 구워 만든 물 담는 그릇으로 이를 악기 삼아 박자를 쳤다.

미공선생 시를 읽고

지금 누가 진정으로 불후한지?
예원인 시단의 인물들 모두 풀로 엮은 개처럼 비천하네.
섭공(葉公)이 용 좋아함을 그대는 아셨는지?
진짜 용을 만나면 곧장 놀라 달아난 것을!
미공은 본래 날렵한 재주 지니시어
은하수 당기고 북두칠성 빨아들일 수 있었으니
천 마디 말에 빠른 붓놀림은 사자후 같았고
빛나는 밝은 기지는 화씨 벽을 쪼갰네.
미공선생은 누구와 짝하실까!
앞은 시 삼백이요, 뒤는 고시십구수라네.
뜰 앞에 꽃 피었고 술잔에는 술 있어
산중에서 날마다 웃는 입 여셨기에
여러 무리들 오오거리며 부질없이 질그릇 두드리지!

【해제】 미공 진계유(陳繼儒)의 출중한 능력과 그의 시의 성취를 찬양 하였다. 당대(當代)의 시인들 중에 진정 뛰어나 후세에 이름을 남길 만 한 인물이 없음을 비유한 뒤, 진계유의 문학 성취가 높아 범인들은 이를 수 없는 경지임을 제기하였다. 이어 진계유는 죽었지만 가작(佳作)을 남겼기에 만가(輓歌)를 부르며 슬퍼할 이유가 없음을 언외(言外)로 표현했다.

凌霄花149)

昨日見君顔如花, 今日見君顔如沙.
人情冷澹眞如水, 黃金厚薄何足嗟.
黃金厚兮益君過, 擾擾塵中失我素.150)
當時富貴今誰存, 花嬌柳姹風雨妬.151)
君不見!
凌霄高高纏松枝,152) 靑靑嫋嫋彼一時.153)
冬來霜雪枝葉萎, 此花零落嗟如斯.
"松兮松兮, 長保千年姿."

---

149) 凌霄花(능소화): 갈잎 덩굴나무. 담쟁이덩굴처럼 줄기의 마디에 생기는 흡반이라는
  뿌리를 벽이나 나무에 붙여 타고 오른다. 7~8월에 가지 끝에서 나팔처럼 벌어진
  주황색 꽃을 피우는데 추위에 약하다.
150) 擾擾(요요): 어지러운 모양.
151) 花嬌柳姹(화교류차): 꽃 같은 아리따움과 버들 같은 가냘픔.
152) 凌霄(능소): 하늘 높이 오르다, 우뚝 솟다. 纏(전): 얽히다.
153) 嫋嫋(요뇨): 하늘거리는 모양.

능소화

어제 그대 보니 꽃 같은 얼굴이었는데
오늘 그대 보니 모래 같은 얼굴일세.
인정의 냉담함은 진정 물과 같으리니
황금의 후하고 박함을 어찌 탄식하랴!
황금이 후했기에 그대 과실 더해졌고
어지러운 세상이라 나의 본성 잃었네.
당시의 부귀를 지금 누가 지녔나?
아름답고 가녀린 모습을 비바람이 질투 했네.
그대는 보지 못했는가!
높고 높게 소나무에 가지 감고
한 때 푸릇푸릇 하늘거리던 능소화를!
한 겨울 눈과 서리에 가지, 잎 시드니
이 꽃들 시들어 떨어지며 이처럼 탄식하네!
"소나무여! 소나무여!
천년의 자태를 오래 보존하소서!"

【해제】 세태의 모습과 능소화의 생태를 비교해 읊었다. 물질에 욕심을 부리면 본성
을 상하게 됨을 경계한 뒤, 소나무 가지를 빌어 자라나지만 결국 눈과 서리에 시들
어버리는 능소화를 예로 들어 화려함이 오래 갈 수 없음을 입증하듯 술회하였다.
남에 의지해 일시적인 부귀영화를 추구하기 보다는 소나무처럼 한결같이 본래의
자태로 살아가야 긴 생명력을 유지할 수 있다는 교훈을 되새기게 하였다.

和藁砧惜別詞

洛浦虛無不可期,154) 陽臺杳眇將安之.155)
明朝天末東西去, 愁見王孫泣路岐.
古龍吟弄淚痕漬,156) 雁柱斜飛鐙影亂.157)
花深春冷雨霏霏,158) 坐看雕梁宿雙燕.159)

---

154) 洛浦(낙포): 낙수(洛水)의 물가. 낙수의 여신인 복비(宓妃)를 지칭함.
155) 陽臺(양대): 남녀가 만나는 장소. 전국(戰國)시기 초(楚)나라 송옥(宋玉)의 「고당부 (高唐賦)」서(序) 중 "(여인이) 떠나며 말하였다. '저는 무산 남쪽 높은 구릉의 돌산 에 있습니다. 아침에는 구름이 되고 저녁에는 비가 되어 아침마다 저녁마다 양대 아래 있습니다'(去而辭曰, 妾在巫山之陽, 高丘之岨, 旦爲朝雲, 暮爲行雨, 朝朝暮暮, 陽臺之下)에서 유래됨. 杳眇(묘묘): 아득히 먼 모양.
156) 古龍吟弄(고룡음농): 관악기 소리가 울림을 형용함. 漬(지): 스미다.
157) 雁柱斜飛(안주사비): 현악기의 절주가 빨라짐을 형용함.
158) 霏霏(비비): 눈이나 비가 무성하게 내리는 모양.
159) 坐看(좌간): 다시 보다. 그 즉석에서 보다.(시간의 짧음을 형용).

남편의 석별하는 말에 화답해

낙수 물가는 황당무계(荒唐無稽)하여 기약할 수 없고
양대는 아득히 머니 장차 어디로 가시려나?
내일 아침이면 하늘 끝 동서로 헤어지려니
왕손 같은 남편 갈림 길에서 흐느끼심을 수심으로 보게 되리!
묵은 용 모양 한 관악기 연주에 눈물 흔적 스미는데
현악기 받침 비스듬히 날게 연주하니 등불 그림자 어지럽네.
꽃 무성하고 봄날 싸늘해 져 비 부슬부슬 내리니
화려한 들보에 깃든 한 쌍 제비 다시 보이네.

【해제】 이별할 때 남편이 한 말에 화답해 읊었다. 무산신녀(巫山神女)의 애정고사
와 연관된 "양대(陽臺)"와 복비 신화가 전하는 "낙수 물가(洛浦)"를 예로 들어 임
과의 이별을 암시한 뒤, 이별의 슬픔을 악기 연주에 비유하고는 "쌍연(雙燕)"을
외로운 시인의 모습과 대비시킴으로써 자신의 처량한 처지를 엿보게 하였다.

楊花曲160)

三月楊花暗如霧, 遮斷儂船歸去路.
野鳥飛上黃蘗枝,161) 聲聲啼苦人不知.

160)「楊花曲(양화곡)」: 남조(南朝) 시인 탕혜휴(湯惠休)가 창작한 연작시로 여인이 사
    무치게 임을 그리는 심경을 읊었다.
161) 黃蘗(황벽): 황벽나무.

양화곡

삼월의 버들개지 안개 낀 듯 어두워져
돌아가는 나의 뱃길 가려 막네.
들새는 황벽나무 가지로 날아올라
소리소리 내어 괴롭게 우나 사람들은 모르네.

【해제】 돌아가는 뱃길에서 춘경(春景)을 보며 밀려오는 외로움을 읊었다. 안개 속에 흩날리는 버들개지에 뱃길이 막힌다는 정어(情語)로 여정의 서글픔을 쓴 뒤, 들새가 괴롭게 운다는 형상을 부각시킴으로써 이별로 인한 우수의 정도를 엿보게 하였다.

春怨

春暖天無雲, 長空不見君.¹⁶²⁾
櫻桃花下舞,¹⁶³⁾ 獨立倚斜曛.¹⁶⁴⁾
珠簾繡幕東風遠, 凝愁獨對花繾綣.¹⁶⁵⁾
王孫望望不歸來,¹⁶⁶⁾ 天涯芳草迷長坂.¹⁶⁷⁾

162) 長空(장공): 하늘.
163) 櫻桃(앵도): 앵두.
164) 斜曛(사훈): 황혼, 석양.
165) 繾綣(견권): 뒤엉키다.
166) 望望(망망): 실망하는 모양.
167) 長坂(장판): '長阪(장판)'과 같다. 가파르고 긴 산비탈.

봄날의 원망

봄날 따스하고 하늘에 구름 없으나
하늘엔 임 보이지 않아
앵두꽃 아래에서 춤추다가
홀로 서서 석양에 의지했네.
주렴과 수놓은 휘장 봄바람에 멀어져
수심 엉겨 뒤엉킨 꽃들을 홀로 대했네.
왕손 같은 임 실망스럽게도 돌아오지 않는데
하늘가 향기로운 풀은 긴 산비탈을 가렸네.

【해제】 그리운 임이 돌아오지 않는 원망을 읊었다. 임의 부재로 수심 가득한 여
인의 모습을 봄바람 불고 꽃 피는 봄의 경치와 대비시켜 쓸쓸한 분위기를 고조시
켰다. 구름 없고 봄바람 부는 중에 꽃이 만개한 춘경(春景)을 그려 외로운 감정을
투영시킴으로써 임이 돌아오지 않는 비애를 한층 더 부각시킬 수 있었다.

代鄰女作168)

憶妾初嫁時, 小姑學拜月.169)
拜月曾幾何, 紅顏覆綠髮.170)
今朝理新妝, 愀然思舊侶.171)
殷勤語小姑,172) 勿嫁襄陽估.173)
襄陽估客重黃金,174) 一別那知妾有心.175)
不如東鄰媼與翁, 朝朝暮暮樂春風.
柴門黃犢殘陽中.

168) 鄰女(인녀): 회춘(懷春)한 여인으로 바로 시누이를 이름. 전국(戰國)시기 초(楚) 송옥(宋玉)이 「등도자호색부(登徒子好色賦)」에서 초나라 여인들을 묘사함에 인녀를 회춘한 여인으로 묘사하였기에 이 뜻으로 쓰임.
169) 小姑(소고): 시누이. 拜月(배월): 중추절에 달에게 제사 올리는 풍습. 달이 음기를 지녔다고 믿어, 여자들만 배월하였다.
170) 綠髮(녹발): 젊은이의 검고 광채 나는 머릿결.
171) 愀然(초연): 근심하는 모양.
172) 殷勤(은근): 정성스레, 혹은 간곡히.
173) 襄陽(양양): 지명. 호북(湖北), 양번시(襄樊市) 양성구(襄城區)를 옛날에 양양성(襄陽城)이라 함. 估(고): 상인.
174) 估客(고객): 행상.
175) 有心(유심): 사랑하는 마음을 지님.

춘정 품은 여인을 대신해 짓다

기억하네! 내가 막 시집왔을 때
시누이가 달 향해 절하는 법 배우던 일!
달에 절한지 얼마나 되었다고
아름다운 얼굴 푸른 머리로 덮였나!
오늘 아침 새롭게 단장하고
근심하며 옛 짝을 그리기에
간곡히 시누이에게
양양 상인에게 시집가지 말라 했네.
양양의 행상은 황금을 중시하니
이별하면 부인의 사랑하는 마음을 어찌 알리!
못하다네! 동쪽 이웃 할머니 할아버지처럼
아침저녁으로 봄바람 즐기며
해질녘 사립문에서 누런 송아지 거두는 것 보다!

【해제】 사랑에 빠진 시누이를 걱정하며 평범한 남자를 택하기를 권했다. 갓 시집왔을 때 만난 시누이가 어느덧 성장하여 사랑에 빠졌음을 제기한 뒤, 사랑보다는 돈을 귀중하게 여기는 상인(商人)을 선택하지 말고, 평범한 삶에 충실한 이를 택해야 하는 이유를 읊었다. 곧 자신의 불우한 결혼생활의 경험에 비추어 결혼관을 피력한 것이다.

古意

君如井底泉, 終年笑語口無瀾.
又如井轆轤, 終年宛轉心不孤.[176]
妾意如花開復落, 花落花開長寂寞.
有恨如山不可移, 南船北馬無由隨.
朝朝對鏡梳雲髻,[177] 不御鉛華却爲誰.[178]

---

176) 宛轉(완전): 전전(輾轉)하다. 여기는 '여러 사람의 손을 거치다'는 뜻으로 사용됨.
177) 雲髻(운계): 높이 솟은 타래머리.
178) 鉛華(연화): 여인이 화장할 때 쓰는 하얀 분. 송(宋) 왕안석(王安石) 「여미지동부매
    화득향자(與微之同賦梅花得香字)」 시에 "하얀 분 쓰지 않았으나 나라의 미색임을
    알겠고, 구름 같은 비단으로만 마름질했으니 선녀의 옷차림임을 알겠네(不御鉛華知
    國色, 只裁雲縷想仙裝)"라는 구가 보인다.

옛 시인의 시의(詩意) 따라

그대는 우물 밑 샘물 같이
평생토록 웃으며 말해 입에 파문 일지 않았고
게다가 우물의 도르래 같이
평생토록 여러 사람 손 거쳤기에 마음 외롭지 않았네.
이 내 마음은 피었다가 다시 지는 꽃 같아
꽃 지고 꽃 핌에 늘 적막했네.
한(恨) 서림은 산 같아 옮길 수 없었고
남쪽 배와 북쪽 말 같아 좇을 연유 없었네.
아침마다 거울 대해 구름 같은 머리 빗으며
하얀 분 바르지 않음이 누구 때문이었나?

【해제】 박정한 남편에 대한 비애(悲哀)를 읊었다. 시인과는 인성이나 처지가 다른
남편을 제기한 뒤 자신은 외로움이 한이 되었음을 남선북마(南船北馬)로 비유해
불화(不和)를 이룬 서글픔을 술회하였다. 끝 연은 사랑 받지 못한 우수 묘사로
애상이 극에 달했음을 설파하였다.

白苧詞179)

金剪初裁舞袖長, 並頭花壓雙鴛鴦.180)
皓齒明眸歌白紵,181) 歌聲未歇吳宮曙.
戈鋋江上若雲屯,182) 滿堂簫鼓生埃塵.
畫額朱簾文杏梁,183) 年年燕影撲花香.184)
高堂日永春晝長,185) 千秋萬歲樂未央.186)
一朝風雨摧高棟,187) 燕子將雛過別墻.

---

179) 白苧詞(백저사): 白紵歌(백저가)라고도 함. 악부(樂府) 오(吳)의 무곡명(舞曲名). 진 (晉)「백저무(白紵舞)」에서 비롯되었으며, 하얀 모시풀로 짠 옷을 입고 춤을 춘데 서 유래함.
180) 並頭花(병두화): 한 가지에 두 송이로 핀 꽃.
181) 皓齒明眸(호치명모): 하얀 이와 맑은 눈. 여인의 아름다운 용모를 형용함.
182) 戈鋋(과연): 창과 칼. 전쟁을 형용함. 雲屯(운둔): 구름같이 모이다. 수가 많음을 묘 사함.
183) 畫額(화액): 그림 장식의 편액. 文杏梁(문행량): 은행나무로 된 큰 대들보.
184) 撲(박): 나부끼다.
185) 高堂(고당): 부귀한 이의 화려한 집.
186) 千秋萬歲(천추만세): 천만년 긴 세월. 오래 오래 살기를 축수하는 말. 未央(미앙): 다하지 않다.
187) 一朝(일조): 일단. 하루아침. 어느 날. 棟(동): 용마루.

백저가(白苧歌)

쇠 가위로 무복(舞服)의 옷소매 길게 재단하니
병두화가 한 쌍의 원앙새를 눌렀거늘
하얀 이에 맑은 눈동자 여인이 백저가를 노래하니
노래 소리 다하지 않았어도 오궁(吳宮)엔 날이 밝네.
창과 칼이 강가에서 구름같이 모여드니
집안 가득한 퉁소와 북에서는 먼지 일고
그림 장식 편액 걸리고 붉은 발 드리운 문행량에는
해마다 제비 그림자 드려져 꽃 찌르는 향기 났네.
아름다운 집의 하루는 길고 봄 낮은 길었기에
오래도록 즐거움 다하지 않았으나
아침 되며 비바람이 높은 용마루를 무너뜨리니
제비는 새끼 데리고 담장을 떠나가네.

【해제】 백저무(白紵舞)에 맞추어 부른 노래가사로 부귀한 이들이라 해도 전쟁의
화를 피할 수 없음을 읊었다. 꽃과 원앙 무늬 수놓은 무복(舞服)을 입고 백저가에
맞추어 춤추는 아름다운 여인의 모습으로 오나라 궁궐의 화려한 연회를 연상시
킨 뒤, 궁궐 밖 전쟁터의 형상으로 부귀한 이들의 생활을 대비시켜, 부귀한 이들
도 결국 난리를 피하지 못해 한순간에 모든 것을 잃고 마는 비애를 함축하였다.
부귀함이 한때의 선물임을 우의했다.

有所思188)

朝雲山氣沈, 暮靄山影斷.
朝朝還暮暮,189) 山色何時見.190)
傍人多歡顏, 那知妾心亂.
三江春水碧於蕪,191) 桃花雙鯉無時無.

188) 有所思(유소사): 악부 제명.『악부시집(樂府詩集)·고취곡사(鼓吹曲辭)·한요가십팔
곡(漢鐃歌十八曲)』에 속해 있음.
189) 朝朝暮暮(조조모모): 매일 아침과 저녁. 매우 짧은 시간. 전국(戰國)시기 초(楚)나라
송옥(宋玉)「고당부(高唐賦)」의 "첩은 무산의 남쪽, 고구의 돌산에 있어, 아침에
는 아침 구름 저녁에는 내리는 비가 되어 아침마다 저녁마다 양대 아래 있습니다.
(妾在巫山之陽, 高丘之阻, 且爲朝雲, 暮爲行雨. 朝朝暮暮, 陽台之下.)"는 구절에서
유래됨.
190) 山色(산색): 산의 경치.
191) 三江(삼강): 중국 강소성(江蘇省) 태호(太湖)에서 흘러나가는 세 줄기 강. 송강(松
江)·누강(婁江)·동강(東江)을 말함. 蕪(무): 순무. 십자화(十字花)과의 한해살이풀
또는 두해살이풀.

그리운 임 계셔

아침 구름에 산기(山氣) 가라앉고
저녁놀엔 산 그림자 끊였네.
아침마다 또 저녁마다 이렇거늘
산 경치 언제쯤 보이려나!
곁에 있는 이는 거의 웃는 얼굴이니
소첩의 마음 산란함을 어찌 알리오!
삼강(三江)의 봄 강물 순무보다 푸르러
복숭아꽃 뜬 강물엔 짝진 잉어 없을 때 없거늘!

【해제】 임과 소통하며 함께 즐기고 싶은 심경을 읊었다. 안개와 산 그림자로 경치를 볼 수 없는 상황을 그려 사랑하는 임을 보고 싶어도 볼 수 없는 처지를 비유한 뒤, 자신의 처지와는 달리 즐기고 있는 상대의 모습을 형상하였다. 특히 복숭아꽃 떠가고 짝지은 잉어가 노니는 강물로 임과 즐기고픈 심경을 함축하였다.

春堤曲192)

楊花飛飛滿路香,193)　晴波如黛拍金塘.194)
美人連臂踏春芳,195)　玉簪斜墮草茫茫.
日落不知月初白,196)　珠簾半卷思歸客.

---

192) 春堤曲(춘제곡): 당(唐) 장적(張籍)의 악부시에 수향(水鄕)의 풍모를 그린「춘제곡」
　　이 보임.
193) 飛飛(비비): 훌날리는 모습.
194) 晴波(청파): 태양 아래의 물결. 파도. 黛(대): 눈썹먹. (산이)검푸르다.
195) 春芳(춘방): 봄날의 꽃과 풀.
196) 月初(월초): 음력 매월 초에 뜨는 초승달.

봄 제방의 노래

버들 솜 흩날려 길 향기로 가득한데
눈썹먹 같은 맑은 물결 금빛 연못을 치네.
아름다운 여인들 팔 잇대고 봄풀 밟기에
옥비녀 비스듬히 떨어지나 수풀만 무성하네.
해 저물어 초승달 밝는 줄도 모르고
주렴 반쯤 걷고 돌아간 이들 그리워하네.

【해제】 봄 제방의 풍경을 읊었다. 봄날 버들개지 날리는 거리와 눈썹먹 같은 파란 파도가 몰아치는 제방의 아름다운 풍경을 묘사하고는, 여인들이 풀 밟으며 노니는 활기찬 모습을 부각시켜 초승달이 뜬 밤에 홀로 남겨진 외로움을 엿보게 하였다.

螢

漢闕摧頹永巷空,197) 秦臺冷落泣秋風.
獨存衰草庭中腐, 化作流螢堵下度.198)
螢光耿耿年復年, 漢闕秦臺已非故.
寒窓何幸借餘輝, 一年一番入羅幃,199)
長夜悠悠見爾歸.

197) 摧頹(최퇴): 쇠락하다. 쇠퇴하다. 永巷(영항): 궁중의 긴 복도. 궁전 뒤에 있는 별궁
    (別宮)으로 후궁을 유폐시킨 곳.
198) 化作(화작): 하늘과 땅의 이치로 만물을 만들어 길러냄. 流螢(유형): 날아다니는 반
    딧불이.
199) 羅幃(나위): 비단 휘장.

반딧불이

한의 궁궐 쇠락하여 후궁은 쓸쓸하고
진의 누대 적막해져 가을바람에 흐느끼네.
시든 풀 홀로 남아 궁 안에서 썩어가니
반딧불이 생겨나 섬돌 아래를 건너가네.
반딧불이 반짝임은 해마다 반복되나
한 대궐, 진 성문은 옛 모습이 아니네.
차가운 창가에서 다행히도 남은 빛 빌려
일 년에 한 번 비단 휘장에 들었다가
긴 밤에 그대 돌아감을 아득히 보여주네!

【해제】 화려했던 옛 궁궐이 피폐해진 가운데 반딧불이만 반짝이며 나름을 읊었
다. 가을 밤 적막하게 텅 빈 궁궐에는 썩은 풀 속의 반딧불이만이 날고 있는 처량
함을 그리면서 반딧불이가 매년 시인의 비단 휘장으로 찾아옴을 부각시켜 시인
의 고독한 정도를 엿보게 하였다.

脫布衫

脫布衫, 人情如電露.²⁰⁰⁾
請看陌上葉, 變作機中素.
機素空短長,²⁰¹⁾ 流年忽朝暮.²⁰²⁾
人心本如砥, 姸媸徒自惧.²⁰³⁾
新人勿喜長自新, 故人莫惜終於故.²⁰⁴⁾

---

200) 電露(전로): 번개와 이슬. 짧음을 뜻함.
201) 機素(기소): 베틀 위의 하얀 명주. 깁. 短長(단장): 길고 짧음. 길다는 의미로 쓰임.
202) 朝暮(조모): 아주 짧은 시간.
203) 姸媸(연치): 아름다움과 추함. 惧(오): 시기하다. 무시하다.
204) 故人(고인): 친구. 여기에선 전처(前妻)나 전부(前夫)로 쓰임.

무명 적삼 벗으며

무명 적삼 벗으니 인정은 번개와 이슬처럼 덧없으니
길 위의 나뭇잎이 베틀의 하얀 명주로 변함을 보세요!
베틀 위의 명주는 부질없이 짧아졌다 길어지고
흐르는 세월은 돌연 아침이었다가 저녁 되네.
사람 마음은 본래가 숫돌 같아서
미추(美醜)는 스스로 만든 시기일 뿐이니
새색시 늘 절로 새색시라 기뻐 말고
옛 부인은 옛 부인으로 끝남을 애석치 마시게!

【해제】 나뭇잎이 명주실로 변함을 빗대어 인생무상을 읊었다. 곡패(曲牌)의 악곡을 빌어 길 위의 나뭇잎이 명주실이 되고, 베틀 위의 명주실이 짧아졌다 길어지고, 아침이 다시 밤이 되는 것과 같은 세상사의 순환을 술회하였다. 이런 이치에 따라 새 색시에게 아름다운 외모를 자만하지 말 것을 당부하면서 모든 사람은 결국 늙고 만다는 사실을 완곡하게 일깨웠다.

憶檽砧205)

朝見花開, 暮見花開.
念子燕臺路正遙,206) 馬迎落日鳴蕭蕭.
翠屛冷落朱絃澁,207) 芳草蒙茸煙雨濕.208)
機中錦字未成文, 鐙燼風淒轉念君.209)

205) 檽砧(고침): 주) 64참조
206) 燕臺(연대): 막부(幕府).
207) 翠屛(취병): 비취 빛 병풍. 푸른 여러 산봉우리가 연이어진 산을 말함. 朱絃(주현):
    현악기. 澁(삽): (길이)막히다.
208) 蒙茸(몽용): 무성하게 우거진 초목.
209) 燼(신): 깜부기불. 불꽃이 없어 꺼져가는 불.

남편이 생각나

아침에 꽃 핌을 보았고
저녁에도 꽃 핌을 보았네.
그대 그리워지는 연대로(燕臺路)길 바로 아득한데
말은 지는 해를 맞으리니 그 울음 쓸쓸 하리!
푸른 병풍 싸늘하여 거문고 소리 껄끄럽건만
향기로운 풀, 무성해진 초목은 안개비에 젖었네.
베틀 속에 비단 글자 아직 글이 되지 못했건만
등잔 꺼져가고 바람 처량하니 그대 더욱 그립네.

【해제】 관직으로 떠 도는 남편에 대한 그리움을 읊었다. 같은 시구를 반복해 반복되는 일상으로 그리움이 더욱 절실해지는 여인의 심경을 드러낸 뒤, 남편이 관직 생활로 느낄 우수를 상상적으로 묘사하여 홀로 지내는 고독을 엿보게 하였다. 그리움이 한없어 편지를 쓰려 해도 글이 되지 않는다는 고백은 우수의 정도를 살피게 한다.

上元曲210)

鳳管留春宴,211) 鸞箏奏夕輝.212)

九微鐙影下,213) 蘭麝撲重幃.214)

重幃醉舞鴛鴦侶,215) 長袖風前拂人語.216)

銅壺銀箭夜沈沈,217) 廻廊鸚鵡嬌如許.218)

---

210) 上元(상원): 음력 정월 십오일. 원소절(元宵節)이라고도 함. 上元曲(상원곡): 대보름
    저녁 노래.
211) 鳳管(봉관): 생황과 통소 같은 악기의 미칭(美稱).
212) 鸞箏(난쟁): 쟁의 미칭(美稱).
213) 九微鐙(구미등): 궁등(宮燈)의 일종. 궁중에서 사용하는 등으로 팔각형 혹은 육각형
    모양에 각 면은 비단을 붙이거나 유리를 껴놓고 채색 그림을 그려 넣음.
214) 蘭麝(난사): 난초와 사향. 진귀한 향료. 撲(박): 스치다. 향기나 냄새가 찌르다.
215) 鴛鴦侶(원앙려): 금슬 좋은 부부.
216) 拂(불): 덮어 가리다.
217) 銅壺(동호): 고대에 구리로 만든 박 모양의 물시계. 銀箭(은전): 은으로 장식된 물시
    계의 시각을 표기하는 부분.
218) 如許(여허): 꽤 많다. 이와 같다.

대보름 저녁 노래

봉관은 봄 잔치 지체케 하는데
난쟁(鸞箏)이 석양 속에 연주되니
구미등 그림자 아래로는
난향과 사향이 겹친 휘장을 찌르듯 풍겨
겹친 휘장 금실 좋은 한 쌍을 취해 춤추게 하니
소매 늘어트리고 바람 앞에서 사람을 스치며 말하길
"동호의 물시계 바늘 밤 속에 잠겨 가나
회랑의 앵무새 소리 아리땁기 그지없다!"고

【해제】 원소절 밤이 화려하여 금실 좋은 연인들에게는 사랑을 나누기 좋은 때임을 읊었다. 관악기와 현악기가 울려 퍼지는 가운데 밤을 밝히는 등불 아래로 향기 퍼지며 금실 좋은 한쌍이 취하여 춤추는 모습을 묘사한 뒤, 밤은 깊어졌어도 회랑의 앵무새 소리 아리땁기에 잠들 수 없음을 함축하였다.

春曉曲²¹⁹⁾

梨花脈脈飄香玉,²²⁰⁾ 閨中春暖睡未足.
雲母屛開孔雀飛,²²¹⁾ 水晶簾動波光綠.
波影沈沈香霧濃, 月光半墮闌幹曲.
可憐曉夢正關西,²²²⁾ 雞聲鴹聲相斷續.

---

219) 春曉曲(춘효곡): 사패명(詞牌名).『흠정사보(欽定詞譜)』에「옥루춘(玉樓春)」,「서루
    월(西樓月)」이라는 이명(異名)이 보이나 이 작품은 사보의 격률과 맞지 않는다.
220) 脈脈(맥맥): 잇닿아 끊이지 않는 모양. 香玉(향옥): 꽃잎의 비유.
221) 雲母(운모): 운모(雲母)로 된 병풍.
222) 關西(관서): 함곡관(函谷關) 혹은 동관(潼關) 서쪽 지역.

봄 새벽 노래

배꽃은 꽃잎을 끝없이 날리는데
안방은 봄기운 따스하여 잠에서 깨지 못하네.
'운모 병풍 펴니 공작새 날고
수정렴 흔들리니 반사되는 빛 푸르네.
반사되는 그림자 깊고 향 그런 안개 자욱한데
달빛은 난간 굽은 곳으로 반쪽 되어 떨어졌네.'
애달아라! 새벽꿈은 바로 관서의 꿈이건만,
닭 울음과 앵무새 울음이 서로 끊였다 이어짐이!

【해제】 배꽃 흩날리는 봄 새벽 곤한 잠에서 깨었으나 임 계신 관서의 새벽꿈이
너무 짧음을 한(恨)하였다. 봄 새벽잠 노곤해 쉽게 깨어나기 힘듦을 읊은 뒤, 운
모병풍과 수정렴에서의 임과 만남이 감미로웠으나 매우 짧았음을 형상하였다.
바로 ' '로 인용한 연(聯)이다. 이어 안개 낀 새벽 달 떨어지며 꿈을 깼기에 그
허망함이 끝없음을 연이어지는 닭 울음과 새 소리로 함축하였다.

種蘭篇

春畦浩浩春雨積,²²³⁾ 可以種蘭可以棘.²²⁴⁾

種棘鉤人衣, 種蘭香滿室.

小人多忮求,²²⁵⁾ 君子崇令德.²²⁶⁾

斯言洵有徵,²²⁷⁾ 灌灌效一得.²²⁸⁾

由來良士多遠圖,²²⁹⁾ 女但種蘭勿種棘.

---

223) 春畦(춘휴): 봄 밭두둑.
224) 棘(극): 가시나무.
225) 忮求(기구): 시기하며 욕심 부리다.
226) 令德(영덕): 미덕(美德). 선덕(善德).
227) 徵(징): 징험.
228) 灌灌(관관): 성실하다. 충실하다. 간절한 모습. 一得(일득): 취할만한 장점. 이따금
     떠오르는 좋은 생각. 『안자춘추 · 잡하18(晏子春秋 · 雜下十八)』에 "성인이 여러
     번 생각해도 그 중에 반드시 잃을 것이 있고, 어리석은 사람이 여러 번 생각해도
     그 중에 반드시 얻을 것이 있다(聖人千慮，必有一失；愚人千慮，必有一得)"라는
     구절이 있다.
229) 由來(유래): 대로. 처음 이래로. 遠圖(원도): 원대한 계획.

난초 심는 노래

봄날 밭두둑 광활한데 봄비 오래 내리니
난초 심고 가시나무 심을 수 있게 되었네.
가시나무 심으니 사람 옷자락 끌어당기지만
난초 심으니 향기 집안에 가득하네.
소인은 시기와 욕심이 많거늘
군자는 고상한 덕을 숭상하네.
이 말은 참으로 증험이 있으니
취할만한 장점 성실히 본받아야지!
대대로 어진 선비 원대한 계획 많았으니
여인도 난초 심고 가시나무는 심지 말아야지!

【해제】 여인도 난초를 심어 영덕(令德)을 지녀야 함을 읊었다. 봄비 내린 밭두둑
에 난초와 가시나무를 심는 여인의 심경을 그린 뒤 소인과 군자의 성향을 비교하
여 여인도 난초의 덕망을 지녀야 하는 당위성을 제기하였다.

秋夜曲230)

氷絲文簟款秋風,231) 涼雨蕉聲喧夢中.
庭院無人鸚鵡睡, 湘簾掩映碧梧桐.232)
桐花飛飛何所止, 吹向銀牀墜井底.
他時明月東墻生,233) 梧上還應見梧子.

230) 秋夜曲(추야곡): 사부(思婦)를 읊은 장중소(張仲素, 769?-819)와 왕유의 「추야곡(秋夜曲)」이 유명하다.
231) 氷絲(빙사): 빙잠(氷蠶)이 토해낸 견사(絹絲). 명주실의 미칭(美稱). 『습유기(拾遺記)』권10에 "원교산에는……빙잠이 있어, 그 길이가 일곱 치로 검은 색에 뿔과 비늘이 있다. 서리와 눈으로 덮인 뒤에 누에고치가 되는데, 길이는 한 자이며 그 색은 오색찬란하다.(員嶠山……有冰蠶, 長七寸, 黑色, 有角, 有鱗。以霜雪覆之, 然後作繭, 長一尺, 其色五彩.)"고 하였다. 文簟(문점): 꽃무늬가 그려진 대자리. 款(관): 초대하다. 환대하다.
232) 湘簾(상렴): 상강(湘江)변 반죽(斑竹)으로 만든 발.
233) 他時(타시): 이후. 장차.

가을밤 노래

명주실로 짜 무늬 넣은 대자리는 가을바람 환대하는데
차가운 비 파초에 떨어지는 소리는 꿈속을 시끄럽게 하네.
정원엔 사람 없고 앵무새 잠자거늘
반죽 주렴은 벽오동을 가려 그림자 드리웠네.
오동나무 꽃잎은 휘날리다 어디에서 멈출까?
은 침상으로 불리어 가다 우물 밑으로 떨어지니
어느 날 밝은 달이 동쪽 담장으로 떠오르면
오동나무 위에서 다시 오동 열매 보게 되리!

【해제】 비 내리는 가을밤 사부(思婦)의 원망을 읊었다. 대자리를 깔고 파초 잎에 비 떨어지는 소리를 들으며 고요한 정원에서 자라는 반죽(斑竹)으로 가려진 벽오동에 시선을 모은 뒤, 오동나무 꽃잎이 오동나무에서 은침대로, 다시 은 침대에서 우물 아래로 휘날리는 모습을 투영하고는 꽃이 졌기에 오동나무 열매가 맺힐 것을 예상해 시인의 사랑도 곧 결실을 볼 수 있다는 기대를 함축하였다.

春夜曲

秦箏緩卸銀蟬吐,[234] 羅衣小試平陽舞.[235]
珠簾十二梨花飛, 月明如水燕初歸.
玉鉤不上春宵永,[236] 百和香消蜜炬冷.[237]
翠羽帳前春色濃, 海雲冉冉日初紅.[238]

---

234) 秦箏(진쟁): 진(秦) 지역의 현악기. 銀蟬(은선): 고대 여인들이 얼굴에 부치는 은색
의 매미 모양의 장신구.
235) 小試(소시): 시험해보이다. 平陽(평양): 평양후(平陽侯). 한(漢) 조수(曹壽)의 봉호(封
號). 조수는 한무제(漢武帝)의 누이인 신양(信陽)공주와 혼인했기에 신양공주는 평
양(平陽)공주라고도 한다. 한무제는 평양후의 가녀(歌女)인 위자부(衛子夫)를 총애
하여 후궁으로 삼음. 당(唐) 왕창령(王昌齡) 「전전곡(殿全曲)」에는 "평양후의 가
녀는 가무로 새롭게 무제의 총애 입어, 주렴 밖 봄추위에 금포를 내리셨네(平陽歌
舞新承寵, 簾外春寒賜錦袍)"라는 구절이 있다. 平陽舞(평양무): 평양후 가녀의 춤.
236) 玉鉤(옥구): 초승달.
237) 百和香(백화향): 각종 향료가 혼합되어 만들어진 향. 蜜炬(밀거): 양초.
238) 冉冉(염염): 하늘거리는 모양.

봄밤의 노래

진쟁 느슨히 당기니 은선(銀蟬) 장식 드러나는데
비단옷 좀 입어보고 평양무 추네.
열두 개 주렴으로 배꽃 날리고
달빛이 물처럼 밝아지니 제비 막 돌아왔네.
초승달 뜨지 않아 봄밤은 긴데
백화 향 사라지니 촛불 싸늘해지네.
비취 깃 휘장 앞 봄빛은 짙건만
바다 구름 하늘하늘 이니 해 막 붉어지네.

【해제】 봄밤에 춤춤을 보며 고요한 정취 속에 홀로 지내는 여인의 외로움을 읊었다. 달 밝은 봄 밤 아름답게 치장한 무희가 춤추고 있는 연회장 밖으로 배꽃 날리고, 제비 날아드는 경상을 그렸다. 봄밤이 깊어가며 꽃향기 사라지자, 바다구름 피어오름을 묘사해 가는 봄밤을 우수로 지새운 모습을 엿보게 하였다.

朱鷺239)

朱鷺, 朱鷺, 忽忽飛來弦上墮.240)
一聲聲怨楚天長, 蘭茝椒申未是芳.
吾憐此曲不忍彈, 流波蕩漾松風寒.
世人知曲不知音, 仰天搔首空悲吟.

---

239) 朱鷺(주로): 악곡명. 한(漢) 고취요가(鼓吹鐃歌) 18곡 중의 한 곡명. 앵무새로 북을
　　장식했기에 부친 곡명임.
240) 忽忽(홀홀): 순식간에. 어느새.

붉은 해오라기 곡조

붉은 해오라기곡조, 붉은 해오라기곡조가
홀연히 날아와 현 위로 떨어지니
곡조마다 남녘 하늘 긴 것의 원망으로
난초, 어수리, 산초나무가 아직 향기내지 못해서네.
내가 이 곡을 어여삐 여기나 차마 연주하지 못함은
흐르는 물결 넘실거리고 소나무에 부는 바람 차가워 선데
세상 사람들 곡(曲) 알아도 음(音)은 모르기에
하늘 보고 머리 긁적이며 공연히 슬프게 읊조리네.

【해제】 뜻을 같이할 지음(知音)을 얻지 못한 실의를 읊었다. 난초, 어수리, 산초나무 등의 향초가 향기 내지 못함을 빌어 어진 선비가 중용되지 못하는 초나라의 각박한 현실을 비유함으로써 그 당시 사람들이 곡(曲)만 알지 음(音)은 모르는 상황을 풍자하였다.

蛺蝶行241)

昨日一花開, 紛紛蛺蝶來.
今晨花未謝, 蛺蝶已相猜.
花謝明年還沃若,242) 囑爾回頭顧黃雀.243)

241) 蛺蝶行(협접행): 한 대의 악부(樂府) 고사(古辭)로 『악부시집』 잡곡가사(雜曲歌辭)에
편입되었다.
242) 沃若(옥약): 윤기 나는 모습.
243) 黃雀(황작): 꾀꼬리. 검은머리 방울새.

호랑나비 노래

어제 꽃 피웠기에
호랑나비 분분히 날아왔으니
오늘 새벽 꽃 시들지 않을 것을
호랑나비는 이미 알아서네.
꽃 시들어도 내년엔 다시 싱싱해지려니
고개 돌려 꾀꼬리나 살피시라 나비에게 당부하네.

【해제】 시들지 않은 꽃 주변에 모인 호랑나비를 읊었다. 시인은 꽃 주변에 날아
든 호랑나비의 모습을 의인화하여 나비가 꽃이 시들까 염려함에 동정을 보였다.
그런 뒤, 내년에 꽃이 다시 피어 황작이 날아와 꽃을 점령하면 행여 호랑나비는
황작의 먹이가 되지 않을까 하는 걱정을 토로하였다. 시인도 꽃처럼 다시 필 수
있다는 기대를 보인 것이 흥미롭다.

秋宮244)

月光先入昭陽殿,245) 玉簫瓊管合歡宴.246)
花飛香靉夜正長, 翠蛾分隊競新妝.247)
君恩若水去不返, 滿地落花愁歲晚.
回頭試問長信宮,248) 閉門永巷多悲風.249)

244) 秋宮(추궁): 서궁(西宮)과 같다. 후비가 거처하는 궁으로, 후비를 지칭한다.
245) 昭陽殿(소양전): 한(漢) 궁전으로, 조비연(趙飛燕) 자매가 거처하기도 하였다.
246) 玉簫(옥소): 옥으로 만든 통소. 통소의 미칭(美稱). 瓊管(경관): 옥피리.
247) 翠蛾(취아): 미녀.
248) 長信宮(장신궁): 한(漢) 나라 태황태후(太皇太后)가 거처하던 별궁.
249) 永巷(영항): 후궁. 궁중의 긴 통로. 긴 골목.

후비의 궁

달빛 먼저 소양전으로 드니
옥소(玉簫)와 경관(瓊管) 가락 즐거운 잔치에 화합하네.
꽃 날려 향기 하늘하늘 피어올라 밤 막 길어지자
미인은 무리 나눠 새 화장을 다투네.
임금님 은총은 물 같아 떠나면 돌아오지 않기에
온 땅에 떨어진 꽃은 한 해 다할까 근심하네.
고개 돌려 장신궁 찾으니
문 닫친 후궁으로 슬픈 바람 가득하네.

【해제】 총애를 잃은 후궁의 회한(悔恨)을 읊었다. 가을 밤 악기의 요란스런 연주
속에 아름답게 치장한 무희들이 춤을 추고 있는 궁중의 화려한 연회 모습을 묘사
하고는 세월이 흘러 임금의 총애를 잃고 쓸쓸히 홀로 늙어가는 후궁의 슬픔과
회한을 술회하였다. 곧 시인의 신세 기탁이기도 하다.

新月250)

卷簾候新月, 弓影纖纖挂天末.
東家女兒樓上頭, 見此不勝雙淚流.251)
憶惜郎去時, 清光正如許.252)
今年郎未歸, 憔悴知何處.253)
妾今見月月復新, 豈獨不照遠方人.

---

250) 新月(신월): 음력 매 월 초 뜨는 초승달. 음력 매월 보름에 뜨는 만월(滿月). 이곳은
    초승달로 씀.
251) 不勝(불승): 참을 수 없다. 감당할 수 없다.
252) 如許(여허): 이렇게. 이와 같다.
253) 憔悴(초췌): 몹시 마음을 써 애태움. 『시경·소아 북산(詩·小雅·北山)』의 '어떤 사
    람은 편히 지내며 쉬는데, 어떤 사람은 온 마음과 힘을 다해 나라를 섬기네(或燕燕
    居息, 或憔悴事國)'라는 구에서 초췌는 '몸과 마음을 다 써 병이 남을 말한다' 고
    풀이했다.

초승달

주렴 걷고 초승 달 기다리니
초승달 그림자는 곱디곱게 하늘 끝에 걸렸네.
동쪽 집 여자는 누대 위에서
이를 보고 두 눈에 눈물 흐름을 못 이기네.
애석하게 기억됨은 임 떠날 때
맑은 빛 바로 이와 같았음인데
올해도 임 돌아오지 않으시니
초췌했음을 어디에서 아실까?
이 몸 오늘 달 보니 다시 초승달 되었건만
어찌해 멀리 계신 임 만 비춰 보이지 않나!

【해제】초승달 뜬 날 밤 남편을 그리워하는 심경을 동쪽 집 여인의 우수를 빌어 읊었다. 달보고 슬픔에 잠긴 동쪽 집 여인 묘사로 오래 동안 돌아오지 않는 남편을 그리워하며 애태우는 심경을 함축하였다.

望夫石 其一

此身已化心不移, 君但歸看山上時.
碧苔斑斑如淚垂, 君兮君兮知不知.

망부석 제 1수

이 몸 이미 변했어도 마음 바뀌지 않음은
임 돌아오시면 산 위에서 뵐 때 있어서라오!
푸른 이끼 눈물 떨어진 듯 얼룩얼룩함을
임께선, 임께선 아시는지요!

【해제】 떠나간 임을 기다리다 망부석이 된 여인의 슬픔을 읊었다. 이미 몸은 돌로 변했어도, 임 향한 마음만은 변할 수 없기에 기다림으로 한없이 눈물을 흘렸음을 함축하였다.

望夫石 其二

一別後, 幾經秋. 化爲石, 終年愁.
只憐夜雨秋風後, 蘚繡苔封不回首. [254)](#)

254) 蘚苔(선태): 이끼. 封(봉): 북주다. 흙을 긁어 올려 식물 뿌리를 덮다.

망부석 제 2수

이별한 뒤로 몇 번인가 가을 지나니
돌로 변해, 죽도록 근심하네.
안타깝네! 밤비 내리고 가을바람 분 뒤로
이끼 수놓듯 덮였기에 고개 돌리지 않음이!

【해제】 떠나간 임을 기다리다 망부석이 된 여인의 슬픔 심정을 읊었다. 가을바람
분 뒤로는 돌아오는 이 없는데다 망부석도 이끼로 덮여 고개 돌리는 이 없다고
술회함으로써 기다리는 애절함이 무모함을 함축하였다.

蕙房255)

携手陶陶入蕙房,256) 九華影裏麝蘭香.257)
明朝花發錦城曲,258) 淸夜期君花底宿.
承恩承寵安可長, 明星爛爛銀河黃.259)
須臾月出愁無光.

---

255) 蕙房(혜방): 규방(閨房). 향기 나는 방. 남조(南朝) 진(陳)나라 후주(後主)의 『개축공
　　자묘조(改筑孔子廟詔)』에는 "향기 나는 방 계수나무 기둥, 모두 새롭게 하고, 향
　　기로운 부평초로 흐르는 물 정결히 하여 때마다 술과 음식 차려 제사 드리네(蕙房
　　桂棟, 咸使惟新 ; 芳藻潔潦, 以時饗奠.)"라는 구절이 있다. 여기는 규방으로 쓰임.

256) 陶陶(도도): 즐거워하는 모양, 서로 따라가는 모양.

257) 九華(구화): 중양절에 피는 꽃. 국화.

258) 錦城(금성): 금관성(錦官城). 고대 성도(成都)에는 대성(大城)과 소성(少城)이 있었다.
　　소성은 수단(繡緞)을 관장하는 관리들의 관청이었기에 금관성(錦官城)이라 불렸고,
　　후에 성도의 별칭이 되었다.

259) 明星(명성): 금성. 爛爛(난란): 빛나는 모양.

규방

손잡고 즐겁게 안방으로 들어가니
국화 그림자 속에 사향과 난향은 향기 냈네.
내일 아침 금성(錦城) 모퉁이에 꽃 핌은
고요한 밤 꽃 아래서 그대와 잠자길 기약해선데
은혜와 총애 받았지만 어찌 오래 가려나?
금성 반짝이며 은하수 누렇게 흐르지만
순간에 달떠 빛 잃을까 걱정하네.

【해제】 임의 총애를 잃을까 조바심하는 심경을 읊었다. 향기 풍기는 멋진 집에
거처하며, 금성과 은하수의 축복 속에 은총을 입었으나 그 총애를 한 순간에 잃
지 않을까 하는 두려움을 술회하였다.

閒題260)

柳花飛兮鶯亂啼, 美人含笑來城西.
城西新草萋萋綠, 美人搖曳移芳躅.261)
雙袖如波波影涼, 海棠雨過飄香玉262).

<hr />

260) 題(제): 서문이나 기념을 위해 쓰는 격려의 글. 또는 그림에 써 넣는 간단한 글.
261) 搖曳(요예): 흔들거리다. 배회하다. 芳躅(방탁): 고인(古人)이나 전현(前賢)의 유적
262) 香玉(향옥): 꽃잎.

한가로움을 제(題)하여

버들개지 날려 꾀꼬리 어지럽게 우는데
미인은 미소 머금고 성 서쪽으로 오네.
성 서쪽엔 돋아난 풀 푸르게 우거져서
미인은 꽃향기 따라 발걸음 옮기며 배회하네.
두 소매는 물결 같아 물결 그림자 서늘한데
해당화에 비 지나가니 꽃잎 흩날리네.

【해제】꽃길을 거니는 미인의 모습을 눈앞에서 보듯이 그렸다. 버들개지 날리고
꾀꼬리 우는 계절에 우거진 수풀 속 꽃길 따라 푸른 소매 늘어뜨린 채 한가롭게
거닐고 있는 여인의 여유 속에 감춰진 우수를 읊었다.

雙璧

鸎聲如簧燕如語,263) 急管繁弦調激楚.264)
天靑月白雲不流, 湘山湘水多煩憂.
翠屛婉轉香鬢綠, 合浦明珠荊楚玉.265)
宓妃西子誰姸媸,266) 桃花李花相參差.

263) 簧(황): 혀. 피리 같은 목관 악기 부리에 끼워 소리 내는 얇고 갸름한 조각.
264) 急管繁弦(급관번현): 여러 악기가 동시에 연주되는 떠들썩한 광경. 당(唐) 백거이
(白居易)의 시 「억구유(憶舊遊)」에 "긴 눈썹한 아름다운 얼굴의 미인 등잔 아래서
취하고, 빠른 피리 소리와 어수선한 거문고 소리는 머리 위에서 재촉하네.(修娥慢
臉燈下醉, 急管繁絃頭上催)"라는 구절이 보인다. 調(조): 연주하다. 激楚(격초): 높
고 낭랑하며 처량한 음색.
265) 合浦(합포): 고대 고을명. 한대(漢代)에 설치되었다. 지금의 광서(廣西) 장족자치구
(壯族自治區) 합포현(合浦縣) 동북쪽에 위치한다. 합포현 동남쪽에 진주성(珍珠城)
이 있어 진주 생산으로 유명하였다. 荊楚(형초): 형(荊)은 초(楚)의 옛 이름으로 형
주(荊州) 지역이니 호북(湖北), 호남(湖南)일대이다.
266) 宓妃(복비): 전설 속의 낙수(洛水)의 여신.『초사(楚辭)·이소(離騷)』에 "나는 풍륭
으로 구름을 타게 하고, 복비 있는 곳을 찾았네(吾令豐隆乘雲兮, 求宓妃之所在)"라
는 구절에 왕일(王逸)은 "복비는 신녀이다(宓妃, 神女)"라 주(注)했다. 西子(서자):
서시(西施). 姸媸(연치): 아름다움과 추함.

우열을 가를 수 없는 둘

꾀꼬리 소리는 혀 같고 제비소리 말하듯 한데
빠른 피리소리, 어수선한 거문고 가락 높고도 처량하네.
하늘 푸르고 달 밝은데 구름 흐르지 않으니
상산(湘山)과 상수(湘水)는 근심도 많네.
비취빛 병풍 굽어 돌고, 향 그런 쪽진 머리 푸르니
합포(合浦)의 명주(明珠)요, 형초(荊楚)의 옥일세!
복비와 서시는 누가 고울까?
복숭아 꽃, 자두 꽃 같아 들쭉날쭉하네!

【해제】 우열을 가리기 힘든 대상이나 인물을 대비해 상대적인 가치를 인식케 하
였다. 빠른 피리소리와 어수선한 거문고 소리를 꾀꼬리 소리와 제비 소리에, 상
산(湘山)과 상수(湘水)로는 상대적인 근심을, 비취빛 병풍과 푸른 쪽진 머리를
합포(合浦)의 진주와 형초(荊楚)의 옥에, 복비와 서시의 아름다움을 복숭아꽃과
자두 꽃에 비유해 우열을 가리기 어려운 실상을 인식케 하였다.

117

貞女詩267) 有序

里中楊氏女, 受唐聘268)未婚而壻夭, 女之父母欲女他字,269) 女
不從遂自經也.270) 爲之歌以傳其事. (序이기에 포인트 줄일 것)

泉流不廻山上水, 弦開不廻弓上矢.
一日許名便許身, 女也剛腸有如此.271)
讀書不多解識字, 古來識書幾男子.
女生不生七尺棺,272) 女死不死萬人齒.273)
謂女不生眞不死. 吁嗟乎!
喉間白練飛白虹,274) 扶得青娥上青史.275)

267) 貞女(정녀): 절개가 굳은 여자. 수절하는 여자.
268) 聘(빙): 娉(빙)과 동자(同字). 여인이 정혼하거나 출가하는 것을 뜻한다.
269) 字(자): 정혼하다.
270) 經(경): 목매다.
271) 剛腸(강장): 굳세고 굽히지 않는 마음을 비유함.
272) 七尺棺(칠척관): 고대 사람의 몸집이 대략 칠척(七尺) 크기였기에 장사지낼 때 쓰는
    관을 이같이 칭함.
273) 齒(치): 언급하다.
274) 白練(백련): 백색의 정련된 견직물. 白虹(백홍): 해나 달 주위의 백색의 띠 무리.
275) 青娥(청아): 눈(雪)을 관장하는 여신(女神). 靑史(청사): 사적(史籍). 고대에 푸른 죽
    간(竹簡)에 사건을 기록하였기에 사적을 청사라 칭함.

절개 굳은 여인 칭송 시 (序를 아울러)

마을의 양씨네 딸은 당(唐)씨 집의 청혼을 받았으나 결혼하기 전에 약혼자가 죽어, 여인의 부모는 딸이 다른 남자와 정혼하기를 바랐으나, 딸은 따르지 않고 마침내 스스로 목을 매었다. 이를 노래해 그 일을 전한다.

샘 흐르니 산 위의 물로 되돌릴 수 없고,
활시위 떠났으니 활 위의 화살로 되돌리지 못하네.
한때라도 이름 승낙했음은 곧 몸을 허락함이니
여인의 굳은 마음 이와 같았네.
독서량 많지 않았어도 글자를 알았으니
자고로 글자 아는 남자 몇이나 되었나?
여인 살았음은 칠 척 관에서 살지 않아서이고
여인 죽었어도 죽지 않음은 온 사람의 입에 오르내려 서니
여인 살아 있지 않아도 진정 죽지 않았다고 하네.
아 슬프네!
목 사이의 흰 비단 햇무리로 날아가자
눈(雪) 여신의 도움으로 청사에 오른 것이!

【해제】 죽은 약혼자를 따라 자신의 목숨을 끊은 여인의 정절을 찬양함을 읊었다. 한 번 흘러간 샘물과 활시위를 떠난 화살을 되돌릴 수 없듯이, 죽은 약혼자를 섬기기로 한 마음 또한 바꿀 수 없음을 묘사하였다. 살아서는 자신을 위해 살지 못하고, 죽어서는 세상의 평가를 받아야만 하는 여인의 기구한 운명에 무한한 동정을 보였다.

海上顧孝廉母節孝詩276) 代家君277)

兒孤母兼父, 苦心良獨殊.

婦寡身亦子, 白髮難爲娛.

機頭織絲機下讀, 堂前拭淚堂中趨.

猗嗟! 顧母世所無.

將雛上靑旻.278)送親掩黃壚.279)

兩字節孝成, 一生幾茹茶.280)

缸花靜落霜心冷,281) 窗竹無痕眼血枯.

母生母死眞丈夫.

九閶下天書,282) 千載表貞廬.283)

哀哀孝子廢蓼莪,284) 椒蘭從風託咏歌.285)

---

276) 海上(해상): 고효렴(顧孝廉)의 아호로 추정됨. 顧孝廉(고효렴): 미상(未詳). 효렴이라
함은 한(漢)에서 관리를 뽑는 두 가지 과목(科目)으로, 효(孝)는 효자를, 렴(廉)은
청렴결백한 선비를 가리킴. 후대에는 이 과목에 추천된 사람을 칭함.
277) 家君(가군): 자신의 부친. 『역(易)·가인·(家人)』편에 "집안의 도를 밝힘에 엄군이
계시니 이는 부모를 이른다(家人有嚴君焉, 父母之謂也)."라 하였다. 엄부자모(嚴父
慈母)란 관념에 따라 자신의 아버지를 엄부(嚴父)라 하고 가군으로 칭했다.
278) 將雛(장추): 어린 자녀를 데리고 다님을 말함. 당(唐) 두보(杜甫) 「청명(淸明)」시
의 "십년 동안의 축구로 어린 자식 멀리 이끌고 갔건만, 만 리 떨어진 곳의 그네
타는 풍속은 같네(十年蹴踘將雛遠, 萬裏鞦韆習俗同)"라는 구절에 구조오(仇兆鼇)는
주(注)하여 "장추는 자식을 이끌고 감을 이른다.(將雛, 謂挈子而行)"고 하였다. 靑
旻(청민): 푸른 하늘.
279) 送親(송친): 혼인할 때 신부 가족들이 신부를 신랑 집에 보내는 것. 黃壚(황로): 무
덤.
280) 茹(여): 먹다.
281) 缸花(항화): 등잔불의 심지 끝이 타서 맺힌 불꽃. 霜心(상심): 굳은 절개. 대개 부녀
자가 두 지아비를 섬기지 않고, 신하가 두 임금을 섬기지 않는 것을 가리킴.
282) 九閶(구창): 구천(九天)의 문. 하늘을 가리킴. 天書(천서): 도가에서 말하는 원시천존
(元始天尊)의 말씀을 담은 경전.
283) 千載(천재): 천년. 세월의 장구(長久)함을 형용함. 廬(여): 고대 장사를 지내기 전 관
을 지키기 위해 무덤가에 지은 작은 움막집. 이같이 관을 지킴을 이르기도 한다.
284) 哀哀(애애): 슬픔이 그치지 않는 모습. 蓼莪(육아):『시경·소아(詩·小雅)』의 편
명. 이 시는 부모님이 자식을 정성을 다해 기른 사랑을 추모한 내용을 담았다.
285) 椒蘭(초란): 산초나무와 난초. 모두 향기 나기에 병칭(竝稱)한다.

黃絹碑 ,286) 黃鵠辭 ,287) 靑史寥寥彤史多. 288)

氷井噓炎枯井波, 289) 留母一綫廻江河.

286) 黃絹碑(황견비): 『조아비(曹娥碑)』를 가리킴. 동한(東漢) 시기 조아(曹娥)의 효행을 칭송하기 위해 비석을 만들고, 한단순(邯鄲淳)이 비문을 적었다. 중국에서 최초로 파자(破字)하여 비문을 썼기에 수수께끼의 시조로 본다.

287) 黃鵠(황곡): 부녀자가 수절함을 이름. 한(漢) 유향(劉向) 『열녀전(列女傳)』에는 "노나라에 도영이라는 과부가 있었는데, 노나라 사람이 그녀의 정절을 듣고 청혼을 하였다. 도영이 그것을 듣고 이에 황곡가를 지어 자신은 두 번 결혼하지 않을 것을 밝혔다. 그 노래는 '가련한 황곡 젊은 과부되어 칠년 동안 혼자일세' 이다.(魯陶嬰少寡, 魯人聞其義. 將求焉. 嬰聞之乃作歌明己之不更二也. 其歌曰：悲黃鵠之早寡兮七年不雙)"라는 고사가 있다.

288) 寥寥(요요): 공허한 모양. 적막하다. 수량이 적음을 형용함. 彤史(동사): 궁궐 생활을 기재한 궁사(宮史)를 가리킴. 황제와 처첩(妻妾)들 간의 생활을 기재함.

289) 噓(허): 불다. 바람이 화기를 일으킴을 이름.

해상(海上) 고(顧) 효렴 모친의 정절(貞節)과 효행을 읊은 시.
아버지를 대신해

아이가 부친 잃어 모친이 부친을 겸했으니
괴로운 마음은 진실로 남달랐네.
부인은 과부 몸으로 아들을 두었으니
백발이 되도록 즐기기 어려웠네.
베틀 머리에서 명주실 짰고, 베틀 아래선 글 읽었네.
집 앞에선 눈물 닦고, 집안에선 종종걸음 쳤네.
아! 고씨 모친 같은 이 세상에 없었으니
어린 자녀 데리고 다니다 푸른 하늘에 올랐네.
시집와 무덤으로 덮여
절, 효라는 두 글자 얻음에
일생토록 씀바귀 같은 고통 맛본 게 몇 번이었나!
등잔 불꽃 고요히 떨어짐은 굳은 절개로 냉담해서고
창가 대나무엔 흔적 없음은 눈의 피 말라서네.
고 효렴 모친 살아서나 죽어서나 참으로 장부다웠기에
하늘에서 황제가 도교 경전 내려
천년토록 정절 지킴 칭송했네.
어미 잃은 효자는「육아」시 버리고
풍(風) 좇는「이소」에 의탁해 노래로 읊조렸네.
황견비, 황곡사에서 보인 효행
청사에는 적고 동사(彤史)에는 많다네.
언 우물 불꽃을 토하고 메마른 우물 물결 쳐서
모친께 한 줄을 남겼기에 강하를 에도네.

【해제】남편을 잃고 홀로 자식을 키우며 살다간 고 효렴 모친의 고된 삶을 읊었다. 1-4연에서는 남편을 잃고 홀로 아들을 키우며 벼슬길에 오르게 한 고 효렴 모친의 삶을 묘사했고, 5-7연에서는 모진 풍파와 세월을 참고 견디며 남편과 아들을 온 정성으로 섬기고 키운 고 효렴 모친의 정절을 칭송했다. 끝 단락에서는 모친을 잃은 아들이 모친의 지조와 절개를 찬양하는 노래를 부른 것을 술회한 뒤, 고 효렴 모친의 죽음을 애도하며 숭고한 덕을 찬양했다. 범곤정이 부친을 대신해 이 시를 지은 이유는 시인이 절효의 실천을 중시한데서 찾을 수 있다.

重訪菊歌

菊花庭畔菊花秋,290) 菊花秋滿菊花稠.291)
菊花稠處景更絶, 花在東籬月在樓.292)
別花三日如三月, 乘興重來花下游.
天生此花伴高士,293) 時至仍應高士求.294)
龍山爲爾帽暗墮,295) 柴桑爲爾杯遲留.296)
車塵馬足互徵逐,297) 酒盞花枝可自由.298)
花來入夢夢不俗, 秋風秋月勝羅浮.299)

---

290) 秋(추): 여물다.
291) 稠(조): 빽빽하다. 농후하다.
292) 東籬(동리): 국화가 심겨진 동쪽 울타리. 진(晉) 도잠(陶潛) 「음주(飮酒)」 시에 "동쪽
    울타리 아래에서 국화 따니, 아득히 남산이 보이네(採菊東籬下, 悠然見南山.)"라는
    구절에서 유래 됨.
293) 天生(천생): 하늘이 명하다. 하늘이 미리 정하다.
294) 應求(응구): 호응하다. 찬동하다. 지원하다.
295) 龍山(용산): 안휘성(安徽省) 당도(當涂) 동남부에 있으며, 동진(東晉) 맹가(孟嘉,
    296-349)가 취기 속에 대풍(大風)이 불어 모자를 떨어트려 전고를 남긴 산으로 유
    명하다.『진서·맹가전(晉書·孟嘉傳)』에는 "맹가는 환온의 참군으로 9월 9일 환
    온과 용산을 함께 노닐었다(孟嘉為桓温参軍, 九月九日, 與温同游龍山)"는 기록에
    맹가가 모자를 떨어트려 실례(失禮)하자 휘필(揮筆) 창화(唱和)하여 좌중을 탄복시
    킨 고사가 보인다.
296) 柴桑(시상): 강서성(江西省) 구강시(九江市) 서남쪽에 있는 현(縣)의 명칭. 현의 서
    남쪽에 시상산(柴桑山)이 있어 유래됨. 진(晉) 도잠(陶潛)의 고향이 시상(柴桑)이었
    기에 도잠을 시상이라고도 한다. 청(淸) 전겸익(錢謙益)의 『오봉군칠십서(吳封君七
    十序)』에는 "누수를 심양이라 하니, 가원은 여부이다. 시상의 술을 마심에, 한 잔
    술이라 홀로 마시고, 소문의 금을 치니, 뭇 산이 모두 울린다(婁水爲潯陽, 即家園
    爲廬阜, 飲柴桑之酒, 一觴獨進; 鼓少文之琴, 衆山皆響.)"라 하였다. "한 잔 술이라
    홀로 마시네(一觴獨進)"는 도잠 『잡시(雜詩)』중 "한 잔 술이라 홀로 마시나, 잔
    다해 술병 절로 기울인다(一觴雖獨進, 杯盡壺自傾.)"의 인용이다.
297) 車塵(차진): 수레가 일으키는 먼지. 徵逐(징축): 본업에 충실치 않고 즐기는 일로 왕
    래함을 이름.
298) 車塵馬足互徵逐, 酒盞花枝可自由(차진마족호징축, 주잔화지가자유): 이 구절은 명
    (明) 시인 당백호(唐伯虎)의 시 「도화암가(桃花庵歌)」중의 "끊임없이 이어지는 수
    레 행렬은 부자의 취향이고, 술잔과 꽃가지는 가난한 이들의 연일세(車塵馬足富者
    趣, 酒盞花枝貧者緣)"라는 구절을 인용하였다.
299) 羅浮(나부): 광동성(廣東省) 동강(東江) 북쪽 기슭에 위치한 산으로 매화가 많아 매
    화를 대칭한다. 수(隋) 조사웅(趙師雄)은 이곳에서 꾼 꿈에서 매화선녀(梅花仙女)를
    만났다고 한다. 중국 도교 10대 명산의 하나이다.

我來看花花有意,[300] 敷紅舒紫摠忘憂.[301]
客問主人能飮否, 主人百斛才新篘.[302]

300) 有意(유의): 의도한 바가 있다. 포부가 있다.
301) 摠(총): 늘, 언제나, 모두.
302) 百斛(백곡): 곡이 많음을 가리킴. 곡은 고대의 용량 단위로, 십두(十斗)를 일곡(一斛)이라 하였다. 남송(南宋) 말(末)에 이르러 오두(五斗)로 바뀌었다. 新篘(신추): 새로 걸러 낸 술.

다시 국화를 심방(尋訪)한 노래

국화 핀 뜰 가로 국화 피는 가을되니
국화 피는 가을 가득하여 국화꽃 무성하네.
국화꽃 무성한 곳의 경치 더욱 빼어남은
꽃은 동쪽 울타리에 있고 달은 망루에 있어서네.
국화 떠난 삼일이 세 달 같기에
흥취 타고 다시 와 꽃 아래에서 노니네.
하늘은 이 꽃이 고결한 선비와 짝하도록 명했기에
때 되면 바로 고결한 선비에 호응했네.
용산(龍山)에서는 그대 때문에 모자 몰래 떨어뜨렸고
시상(柴桑)에서는 그대 때문에 술잔 머물렀지!
수레와 말 탄 이는 서로 즐기려 왕래했으나
술잔과 꽃가지는 가난한 이에게 자유로울 수 있었네.
국화꽃이 꿈속에 들어오니 꿈 속되지 않았으니
가을바람, 가을 달의 국화는 나부산 매화 보다 낫네.
내가 와서 국화꽃 보면 꽃도 의도한 뜻 있어
빨간 빛, 자주 빛 펼쳤기에 늘 근심 잊었네.
손님이 주인에게 술 마실 수 있는지를 물으니
주인은 백곡(百斛)을 마셔야 새 술 거른다 하네.

【해제】추국(秋菊)의 고결함을 다양한 각도로 부각시켜 추국을 거듭 찾게 되는 이유를 읊었다. 국화는 가을의 주인으로 동리(東籬)와 월하(月下)에서 그 격을 더욱 높이기에 이 점이 방국(訪菊)한 까닭임을 밝힌 뒤, 국화의 고결함을 칭송하였다. 특히 환온(桓溫)이 중양절에 흥취로 모자를 떨어트린 고사와 도연명이 고향 시상(柴桑)에서 애국(愛菊)한 고사를 인용해 국화의 정취를 실감케 하였다. 국화 꿈을 꾸면 꿈조차 속되지 않게 되고, 추풍, 추월 속의 추국은 더욱 고결해지기에 망우(忘憂)의 실체임을 강조했다. 추국의 기상을 표현해 호기(豪氣)를 드러낸 특징이 돋보인다.

羅敷303)

南陌采桑田婦耳,304) 采之聊以供甘旨.305)
五馬鮮金贈何爲,306) 采桑之婦不樂此.
他日相逢眞愧死.307)

---

303) 羅敷(나부): 고대 미인의 이름. 진(晉) 최표(崔豹)의『고금주 · 음악(古今注 · 音
樂)』에 "「맥상상」에는 진씨 여인이 나오는데, 진씨는 한단 사람으로, 나부라는
딸이 있어, 읍내 사람 제후 왕인의 처가 되었다. 왕인은 후에 조왕의 가령이 되었
는데, 나부가 길에 뽕을 따러 나오자, 조왕은 누대에 올라 이를 보고 좋아해, 술을
마시고 빼앗고자 하였다. 나부는 이에 거문고를 타 맥상가를 지어 자신의 뜻을 밝
혔다(陌上桑出秦氏女子. 秦氏邯鄲人, 有女名羅敷, 爲邑人千乘王仁妻. 王仁後爲趙王
家令, 羅敷出採桑於陌上, 趙王登臺見而悅之, 因飮酒欲奪焉. 羅敷乃彈箏, 乃作陌上歌
以自明焉)"는 글이 보인다. 또한 여인을 이르기도 한다.
304) 田婦(전부): 농촌 아낙네. 耳(이): 듣기에, 듣다.
305) 甘旨(감지): 부모를 봉양하는 음식.
306) 五馬(오마): 태수(太守)의 별칭(代稱). 당(唐) 백거이(白居易) 시『서호유별(西湖留
別)』에 "눈썹먹 칠한 고운 여인 태수를 머무르게 할 필요 없음은, 황제의 은혜는
삼년만 머무름을 허락해서네.(翠黛不須留五馬, 皇恩只許住三年.)"라는 구절이 있다.
307) 他日(타일): 며칠 지난 후. 愧死(괴사): 매우 부끄럽고 창피함.

뽕 따는 여인

남쪽 두렁의 뽕 따는 농촌 아낙이 듣기에
뽕잎 땀은 애오라지 부모 봉양 위해서라는데
태수가 빛나는 금 준 것은 무엇 때문이었나?
뽕잎 따는 부녀자 이를 달가워하지 않음은
다른 날 만나면 참으로 창피해서 라네!

【해제】 뽕을 따 부모를 봉양하는 농촌 아낙의 고된 삶과 가렴주구를 일삼은 관리의 횡포를 읊었다. 시인은 직설적으로 유가의 도덕관을 나타냈다.

蒲花

原上草靑靑, 澗底春潮急.[308)
楊花兩岸飛, 菖蒲勁于戟.[309)
路遠人不知, 暗向菖蒲泣.
蒲葉長兮蒲花短, 春潮漫兮春光煖.
朱樓夜半更已深, 寤言不寐增愁心.[310)

---

308) 澗(간): 산골짜기의 물.
309) 勁(경): 예리하다. 굳세고 날카롭다.
310) 寤言(오언): 잠에서 깨어나 말하다. 『시경·위풍·고반(詩·衛風·考槃)』에는 "홀로 자다
    잠에서 깨어났기에, 영원히 잊지 않겠노라 맹세했네(獨寐寤言, 永矢弗諼)"라는 구
    절이 있다.

창포 꽃

언덕 위 풀 푸르고
산골짜기 물 아래는 봄 조숫물 빠른데
버들개지 양쪽 언덕으로 날리니
창포는 창보다 예리해졌네.
길 먼 것을 사람들 모르기에
남몰래 창포 향해 흐느끼네.
창포 잎 길어지니 창포 꽃 짧아졌고
봄 조숫물 출렁이니 봄빛 따스하네.
화려한 누대는 한밤 되어 시각은 깊어 가는데
잠 깨어 잠 못 드니 수심만 더해지네.

【해제】임에 대한 그리움을 읊었다. 푸른 풀 돋고 버들개지 날리는 봄날, 창포꽃
핀 개울가 언덕에서 멀리 있는 임을 그리며 눈물 흘리는 여인의 모습을 묘사하여
봄밤 잠 못 드는 시인에게 밀려온 수심의 깊이를 살피게 하였다.

月下

秋夜草木淸,311) 花深露珠滑.312)
交頸兩鴛鴦,313) 翩翩姣而黠.314)
今宵月又明, 凄愴獨含情.315)
千山音信絶,316) 城隅聞漏聲.317)
漏長人靜微風起, 簾影淸光若秋水.
川長雲遠不可期, 暗數餘香在芳芷.318)

311) 淸(청): 고요하다.
312) 深(심): 무성하다. 우거지다. 露珠(노주): 구슬 같은 이슬방울.
313) 交頸(교경): 암수 동물이 목과 목을 비비며 애정을 표현함을 이름. 부부 간 금슬이 좋음을 비유.
314) 翩翩(편편): 새가 사뿐하고도 빠르게 나르는 모습. 姣黠(교힐): 요염하며 간교하다.
315) 凄愴(처창): 몹시 슬픔.
316) 千山(천산): 산이 많음을 비유함. 당(唐) 유종원(柳宗元) 시 「강설(江雪)」에는 "온 산에 새 날아다님 끊기고, 온 길에는 사람 자취 없네(千山鳥飛絶, 萬逕人蹤滅)"라는 구절이 보인다.
317) 漏聲(누성): 물시계 소리. 당(唐) 두보(杜甫)의 「봉화가지사인조조대명궁(奉和賈至舍人早朝大明宮)」 시에 "오경 물시계는 소리 내어 새벽 물시계 바늘 감을 재촉하는데, 구중궁궐의 봄 경치는 선도에 취해가네(五夜漏聲催曉箭, 九重春色醉仙桃)"라는 구절이 있다.
318) 數(수): 분별하다. 상세히 살피다. 「시·소아·교언(詩·小雅·巧言)」에는 "오고 가며 떠도는 말, 마음이 어찌 알아내리오(往來行言, 心焉數之)"라는 구절이 있다. 『주희집(朱熹集)』에서 "수는 분별하다(數, 辨也)"라고 주 하였다. 芳芷(방지): 향초 명. 『초사·이소(楚辭·離騷)』에는 "유이와 게거는 밭두둑에 심고, 두형과 방초는 뒤섞어 심었네(畦留夷與揭車兮, 雜杜衡與芳芷)"라는 구절이 있는데 왕일(王逸)은 주(注)하여 "두형, 방지 모두 향초이다(杜衡芳芷, 皆香草也)"라고 하였다.

달빛 아래에서

가을밤에 초목은 고요한데
꽃 우거지니 이슬방울 미끄럽네.
금슬 좋은 원앙 쌍
사뿐히 빨리 나니 요염하고도 간교해라!
오늘 밤 달 다시 밝아지니
서글퍼져 홀로 정을 머금었네.
천산(千山)에서 소식 끊였기에
성 모퉁이에서 물시계 소리 들려오네.
물시계 소리 길어지고 인적 없어 미풍이니
주렴 그림자의 맑은 빛은 가을 강물 같네.
냇물 길고 구름 아득해져 기약할 수 없기에
남은 향기 방지에 있으리라 남몰래 헤아리네.

【해제】 늦가을 밤, 달 아래에서 임을 그리는 여인의 고독과 기다림에서 오는 실의를 읊었다. 초목이 시들어가는 가을밤의 적막 속에 금실 좋은 원앙을 묘사한 뒤, 이별의 한을 드러내었다. 이어 성 모퉁이의 물시계 소리와 가을 강물 같은 주렴 그림자 빛을 투영시켜 시인의 고독을 형상하고는 재회를 기약할 수 없는 처지를 스스로 위로하였다.

北郊

白楊瑟瑟日方暮,³¹⁹⁾ 野田黃雀時相聚.
靑燐夜照明月寒,³²⁰⁾ 牧童笑舞千年墓.
縱橫古道東復西, 行人來往不知悟.
吁嗟泉下笑人忙,³²¹⁾ 笑道年光如朝露.³²²⁾

---

319) 白楊(백양): 모백양(毛白楊)이라 하기도 하며, 세칭(世稱) 대엽양(大葉楊)이라고도
하는데 무덤가에 많이 심는다. 진(晉) 도잠(陶潛) 「만가시((挽歌詩)」에 "황량한 풀
어찌도 그리 무성한가! 백양나무도 바람에 쓸쓸하네(荒草何茫茫, 白楊亦蕭蕭)"라는
구가 보인다. 瑟瑟(슬슬): 적막한 모습.
320) 靑燐(청린): 사람이나 동물의 시체가 썩을 때 나오는 무색의 기체가 밤에 들판에서
자연 연소되면서 발생하는 청록색 불꽃. 속칭(俗稱) 귀화(鬼火)라고도 한다.
321) 泉下(천하): 황천의 아래. 죽은 후 매장되는 곳. 음택(陰宅).
322) 年光(연광): 세월.

북쪽 교외

백양나무 적막한데 해 막 저무니
들판의 참새들 때때로 모여드네.
도깨비불 밤에 비쳐 밝은 달 차가운데
목동은 천년 된 묘에서 비웃으며 춤추네.
종횡으로 놓인 옛길 동쪽이었다가 다시 서쪽 향했는데
행인 오고가나 살피지 못한다고!
서글프네! 황천 아래에서 사람들이 바쁜 것을 비웃어
"세월은 아침 이슬 같다"고 웃으며 말함이!

【해제】 해질 무렵 서쪽 교외 무덤가에서 느낀 인생무상을 읊었다. 도깨비 불 비추는 중에 달빛은 차갑기만 한데 현세 사람들은 옛 사실을 알지 못함을 긴 역사 공간 속에 현재란 시각으로 부각시켰다. 그런 뒤 황천에 묻힌 이들이 조로인생(朝露人生)을 깨닫지 못하고 허둥지둥 살아가는 현세인의 우둔함을 조롱함으로써 이를 자각케 하는 효과를 거두었다.

白苧詞323)

蹋繡屧,324) 舞翠翹,325) 焉支雙輔.326)

細柳腰美人,327) 嬌態驚蛺蝶.

淸光欲曙悲蠨蛸,328) 枝上啞啞漏初絶.329)

當筵銀燭光難滅, 荳蔲梢頭暗成結.330)

---

323) 白苧詞(백저사): 악부(樂府) 오(吳) 무곡명(舞曲名). 진(晉) 「백저무(白紵舞)」에서
   비롯됨.
324) 蹋(섭): 신을 신다.
325) 翠翹(취교): 고대 여인들의 머리 장식물로 비취 새 꼬리의 긴 깃털 형상을 함. 당
   (唐) 위응물(韋應物)시 「장안도(長安道)」에 "미인은 화려한 누각에서 사모하는 정
   이 높고 아득해, 머리에 원앙 비녀와 취교를 쌍으로 꽂았네(麗人綺閣情飄颻, 頭上
   鴛釵雙翠翹)"라는 구절이 있다.
326) 焉支(언지): 홍색 안료(顔料)로, 주로 뺨이나 입술을 칠하는 데 사용함. '연지(胭脂)'
   라고도 한다. 『오대시화(五代詩話)』권1은 『패사휘편(稗史汇編)』을 인용해 "북방의
   언지산 위에는 홍람이 있는데, 북방 사람들은 그 꽃을 따다 붉은 색으로 물들이고,
   그 중에 선명한 것을 취해 연지를 만들었다. 부인들이 단장할 때에 이 색을 사용
   한 것은 특히 선명함이 사랑스러워서이다(北方有焉支山上紅藍, 北人採其花染緋, 取
   其鮮者作胭脂. 婦人粧時用此顔色, 殊鮮明可愛)"라고 하였다. 輔(보): 보조하다. 의지
   하다.
327) 柳腰(유요): 여인의 가늘고 연약한 몸과 허리를 비유한다.
328) 蠨蛸(소소): 거미.
329) 啞啞(아아): 새 울음소리.
330) 荳蔲(두구): 식물명. 봄에 꽃이 피며 시사(詩詞)에서 소녀를 비유하는 말로 자주 쓰
   인다.

백저무(白苧舞)에 부르는 노래

수놓인 비단 신 신고, 취교 꽂고 춤추거늘
두 뺨엔 연지 발랐네.
가는 버들가지 같은 허리의 미인
교태부리는 모습은 나비를 놀래키네.
맑은 빛은 날을 밝히려 해 거미를 슬프게 하는데
가지 위의 새 재잘거리니 물시계 소리 막 끊였네.
술자리 밝힌 촛불 빛 사그라지기 어려운데
두구 가지 끝에는 어느새 열매가 맺혔네.

【해제】 남녀 간의 합환(合歡)의 정을 읊었다. 아름답게 치장한 여인이 백저무를 추며 교태를 부리는 모습을 묘사한 뒤, 새벽까지 술자리를 지킨 촛불이 여전히 빛남을 부각시켜 사랑이 결실을 맺었음을 함축하였다. 이 시는 다각적인 함의를 내포하고 있다.

부록

유소원부병서(遊嘯園賦幷序)
춘규몽리인부(春閨夢裏人賦)

범곤정(范壺貞)의 시가 문학

遊嘯園賦幷序

嘯園者, 先曾祖方伯公手刱也.[331] 迄今百有餘年, 大人家居多暇, 恒游其
間. 余亦嘗於此讀書, 有樓, 有堂, 有池, 有橋, 有亭, 有樹. 雖地不踰數畝,
而干宵古木有數十株,[332] 長夏足以託蔭. 老梅修竹,[333] 左右環列, 名卉異
花, 周乎四序, 晴雨涼燠, 皆足自適. 而且垂綸可以烹鮮,[334]攀樹可以落實.
隱几味旨於圖書,[335] 望遠收奇於岩岫.[336] 洵足以遺富貴而藐王公, 爰爲賦
以紀之.

其辭曰, 干宵兮古木, 停雲兮修竹.

水環流兮搴荇,[337] 梅數本兮繞屋.

石呼丈兮崛岉.[338] 花稱王兮芬馥.

山鳥欣而弄聲, 霞成綺兮悅目.

於是敞雕梁之煜煜,[339] 翩乳燕之飛飛.

登小樓兮舒眺, 攬林皋之綠肥.

爾乃[340]羅衣初試, 芳澤[341]勝蘭.

---

331) 方伯(방백): 명청대(明淸代)에 포정사(布政使)를 모두 방백이라 칭하였다. 방백공은
    范惟一로 江西布政使를 지냈기에 방백이라 칭하였다. 그는 후에 南京太僕寺卿을
    지냈기에 沈大成의 『호승집시초』序에 "夫人系出文正, 爲太僕中方曾女孫, 孝廉君選
    子女子, 而大㳄紫長白之從女孫"라는 기술이 보인다. 刱(창): 만들다. 창(創)과 같은 뜻
    이다.
332) 干宵(간소): 높은 하늘로 올라가다. 당대(唐代) 유우석(劉禹錫)의 시 「화병부정시랑
    성중사송시십운(和兵部鄭侍郎省中四松詩十韻)」에 "높은 하늘로 찌르고 올라갈 기
    세 있으니 큰 집 지을 재목으로 여겨지겠네(便有干宵勢, 看成構廈材)"라는 구절이
    보인다.
333) 修竹(수죽): 길게 자란 대.
334) 垂綸(수륜): 낚싯줄을 드리우다.
335) 隱几(은궤): 책상에 기대다. 『장자(莊子)·제물론(齊物論)』에 "남곽자기(南郭子綦)가
    책상에 기대앉아 하늘을 보고 길게 한숨을 내쉬었다(南郭子綦隱几而坐, 仰天而噓)"
    라는 문장이 보인다. 성현영(成玄英)의 소(疏)에 "은(隱)은 기댄다는 뜻이다(隱, 凭
    也)"라 하였다.
336) 岩岫(암수): 산의 굴. 연이은 산봉우리.
337) 搴(건): 빼내다.
338) 崛岉(굴물): 높이 솟은 모습. 당대 노조린(盧照隣)의 「석질문(釋疾文)」에 "산세가 험하
    고 높이 솟아 곤륜산의 옥석 같네(鬱律崛岉兮, 似崑陵之玉石)"라는 구절이 보인다.
339) 敞(창): 넓다. 트이다. 열다.

言尋女伴, 聯袂盤桓.[342]

趁夕陽兮徐步, 歸去來兮興未闌.

340) 爾乃(이내): 이에

341) 芳澤(방택): 고대의 부여자가 머리카락을 윤기 내려고 바르는 향유(香油).

342) 聯袂(연메): 소매를 서로 연결한다는 뜻으로 손을 잡고 함께 가는 것을 비유한 말
    이다. 당대 유종원(柳宗元)의 시 「여최책등서산(與崔策登西山)」에 "손을 함께 잡고
    높은 다리 건넜는데, 산림의 끝에서 뱅뱅 맴도네(聯袂度危橋, 縈迴山林杪)"라는 구
    절이 보인다. 盤桓(반환): 머물다. 배회하다. 당대 유희이(劉希夷)의 「도의편(搗衣篇)
    」에 "붉은 소매 잡으니 근심이 배회하고, 푸른 다듬잇돌 바라보니 서글퍼 서성이
    네(攬紅袖兮愁徒倚, 盼青砧兮悵盤桓)"라는 구절이 보인다.

소원을 노닐며 지은 부에 서(序)를 아우르며

소원은 돌아가신 증조(曾祖) 방백공(方伯公)께서 직접 만드신 정원이다. 지금까지 100여년이 되었는데 아버님께서 집에 계시면서 대부분 한가하실 때마다 항상 그 가운데에서 노니셨다. 나 역시 일찍이 여기에서 책을 읽곤 하였으니, 누대 있고, 전각 있고, 연못 있고, 다리 있고, 정자가 있다. 비록 땅은 몇 이랑 안 되었지만 하늘로 오르는 고목들이 수십 그루 있어, 긴 여름엔 그늘에 의지할 만 하였다. 고목 매화나무와 길게 자란 대나무는 좌우로 에둘러 늘어섰고, 이름난 풀과 기이한 꽃들은 사계절 내내 에워싸여, 날이 개거나 비가 내리거나 서늘하거나 따뜻하거나 모두 절로 즐기기에 족하였다. 게다가 낚싯줄 드리우면 생선을 삶을 수 있었고, 나무 당기면 과일을 떨어뜨릴 수 있었다. 책상에 기대 책의 뜻을 음미하다가, 산굴에서 빼어난 경치가 거침을 멀리 바라보았다. 진실로 부귀를 멀리하고 왕공을 업신여길 만하기에, 이에 부를 지어 그것을 적는다.

그 말에 이르길 하늘로 오르는 것 고목이요, 구름 멈추게 하는 것 긴 대나무 이네.

강물이 돌아 흘러 마름을 당기는데, 매화 몇 그루는 집을 에두르네.

돌은 어른이라 외치듯 우뚝 솟았고, 꽃은 왕이라 칭하듯 향기 뿜네.

산새는 기뻐하며 재잘거리고, 노을은 비단 무늬 이뤄 눈을 즐겁게 하네.

이에 번쩍이는 들보를 드러내니, 새끼 제비 푸득푸득 나네.

작은 누대에 올라 흘가분히 바라보다가, 수풀 물가의 무성해진 잎새 잡네.

이제야 비단 옷 막 차려 입으니, 머리에 바른 향은 난초보다 향기로워

이에 동행할 여자 찾아 손 맞잡고 서성이다가,

석양을 틈타 천천히 산보하고, 돌아오니 흥은 다하지 않았네.

【해제】소원이 범씨 집안에 만들어진 배경과 그것이 조성된 세월을 서(序)에서 말한 뒤, 소원이 독서하고 사색하기 좋고 피서하기도 좋은 장소일 뿐 아니라, 사계절 내내 꽃피며 물 흘러 낚시하기 좋고 과실이 떨어지는 풍요로운 장소임을 술회면서 초세(超世), 탈속(脫俗)의 멋을 느끼게 되는 승지임을 강조하였다.

이 부는 소원이 도가(道家)의 승지임을 주위 경관으로 인증하면서 연못과 난초가 아름다운 봄날의 누대 전망을 부각시켜, 이 누대가 시가 창작의 주된 장소였음을 살피게 하였다. 특히 여자 친구와 짝지어 즐기는 봄날의 소원 저녁은 그 흥취가 다할 수 없음을 강조해 소원의 춘경(春景)이 더없이 아름다움을 느끼게 하였다. 따라서 이 부를 통해 범씨가 소원을 배경으로 다수의 주옥같은 시를 쓰게 된 경위를 살피고도 남음이 있다.

春閨夢裏人賦

悲遼水之無極兮, 嗟白骨之紛紛.

痛春閨之念遠兮, 望長空以馳魂.

自秋風之淅淅兮, 送君別於江濱.

感時序之行邁兮,[343] 良人杳其無音.[344]

春花爛兮春雨陰, 天各方兮情遙深.

畫梁晝靜兮燕語, 繡陌晴開兮鸎聲.[345]

山梨白兮雪淨溪, 桃紅兮日鮮.

蜂遊兮下上, 蝶舞兮蹁躚.[346]

日當午兮神倦, 停針望兮無言.

夜孤衾以輾轉兮, 倚角枕兮何寒.

目微瞑以就寢兮. 見良人之忽還.

易鐵甲以毳裘兮, 解劍佩之珊珊.[347]

慰離愁之經歲兮, 歎丁運之維艱.[348]

舒柔荑而意憚兮,[349] 援珠翠以回顏.[350]

---

343) 時序(시서): 계절이 바뀌다. 行邁(행매): 멈추지 않고 가다. 멀리 가다. 『시경(詩經)
· 왕풍(王風) · 서리(黍離)』에 "한없이 가는 걸음 맥없으니, 마음은 술 취한 듯(行邁
靡靡, 中心如醉)"라는 구절이 보인다.

344) 良人(양인): 남편. 좋은 사람. 여기서는 죽은 남편을 가리킨다.

345) 繡陌(수맥): 수놓은 듯 화려한 거리. 鸎(앵): 새 우는 소리.

346) 蹁躚(편선): 비틀거리다. 훨훨 춤추는 모양. 당대 원진(元稹)의 「대곡강노인(代曲江
老人)」에 "흔들리며 높게 솟은 문 떠나니, 해오라기 훨훨 날개 떨치네(掉蕩雲門
發, 蹁躚鷺羽振)"라는 구절이 보인다.

347) 珊珊(산산): 패옥이 쟁그랑거리는 소리.

348) 丁(정): 성년 남자. 維艱(유간): 곤란하다. 힘들다. 청대(淸代) 공상임(孔尙任)의 『도
화선(桃花扇) · 무병(撫兵)』에 "운명이 바뀌어 살아감이 고달프니 굶주린 배를 참기
어려움이 여전이 두려웠습니다(仍恐轉運維艱, 枵腹難待)"라는 구절이 보인다.

349) 荑(이): 어린 싹.

350) 珠翠(주취): 진주와 푸른 깃털. 여인들의 장식물을 가리킨다. 回顏(회안): 고개를 돌
리다. 회춘하다. 여기서는 다시 젊어진 것처럼 기쁜 안색이 가득하다는 뜻으로 해
석하였다. 『황정내경경(黃庭內景經) · 고분(高奔)』에 "회춘하여 뇌에 피를 채울 수
있다(可以迴顏塡血腦)"라는 구절이 보인다.

侍女割炙而進觴兮, 共促膝以言歡.
願比翼而靜好兮, 誓偕老乎百年.
何羨策勛而儋爵兮,[351] 振威德於窮邊.
於是調玉管, 韻朱弦, 披翠幕, 卸花鈿.
情繾綣而靡究兮,[352] 敍契濶以未闌.[353]
恨枝上之黃鳥兮, 忽哀啼而夢殘.
誰信良人之不反兮? 朽白骨於河干.[354]

351) 策勛(책훈): 임명장에 공훈을 기록하다. 儋爵(담작): 작위를 맡다.
352) 繾綣(견권): 정이 깊어 헤어지지 못하다. 아쉬워하며 연연해하다.
353) 契濶(계활): 괴로움. 그리움. 오랫동안 떨어져있다. 『시경(詩經)·패풍(邶風)·격고
(擊鼓)』에 "죽음과 삶, 고통을 함께 하자고 그대와 언약하였었지(死生契濶, 與子成
說)"라는 구절이 보인다.
354) 河干(하간): 강가. 강변. 『시경(詩經)·위풍(魏風)·벌단(伐檀)』에 "쾅쾅 박달나무 베
어 강가에 놓네(坎坎伐檀兮, 寘之河之干兮)"라는 구절이 보인다.

규중 연인의 꿈 속 사람을 읊은 부

요수가 끝없음을 슬퍼하며, 백골이 어지럽게 이어짐을 탄식한다.

규중 여인은 멀리 계신 임 그리워 마음 아파져, 긴 하늘 바라보니 혼은 내달렸다.

가을바람 솔솔 불어오자, 남편을 강가에서 전송하며 이별했다.

계절의 바뀜이 멈추지 않음을 느끼는데, 남편은 멀리 계시면서 소식도 없다.

봄꽃 시들고 봄비 축축이 내리는데, 하늘 아래 각기 떨어져 있으니 정 아득해 깊어진다.

단장한 들보는 낮에 고요해 제비 지저귀고, 수놓인 듯 화려한 길 맑게 열려 앵무새 운다.

산배 꽃은 희고 눈은 계곡을 깨끗이 하는데, 복숭아꽃 붉고 태양은 선명하다.

벌은 위 아래로 날며 노닐고, 나비는 훨훨 춤춘다.

해가 정오에 이르자 정신은 지쳐, 바느질 멈추고 말없이 멀리 바라본다.

밤에 홀로 이불 덮고 잠 못 들어 뒤척이다, 뿔 장식 베개에 기대니 어찌 차갑지 않으랴!

눈앞이 희미해지며 잠들자, 남편이 갑자기 돌아옴이 보였다.

철갑옷을 털 갖옷으로 바꾸어 입고, 칼 푸니 패옥이 찰랑였다.

이별 후 근심으로 보낸 세월 위로하고, 남정네 운명이 험난함을 탄식했다.

여린 손을 펼치니 뜻은 풀렸고, 진주와 비취 장식 당겨 푸니 화색이 감돌았다.

시녀가 구은 고기 안주 잘라 술을 바쳐, 무릎 함께 맞대고 기쁘게 말을 나누었다.

비익조(比翼鳥)되어 조용하고 아름답게 살기 바라면서, 백 년 해로를 맹세했다.

공훈 기록해 관직 받음이 어찌 부러우랴! 궁벽한 변방에서 위세와 덕행을 떨쳤거늘!

이에 옥피리 가다듬고, 붉은 색 현에 가락 맞추고는, 푸른 휘장 내리고, 꽃 비녀 빼냈다.

정은 헤어지기 아쉬워 끝없건만, 오래 떨어져 지낸 그리움 다 말하지 못했다.

원망스럽게도 가지 끝의 꾀꼬리, 갑자기 슬피 울어 꿈에서 깨어났다.

남편이 다시는 돌아오지 못할 줄 누가 믿었으랴! 강가에서 백골은 썩어 가거늘!

【해제】 요수(遼水) 가로 종군한 남편에 대한 그리움과 같이 임이 전사(戰死)한 슬픔을 읊었다.

가을에 임을 보낸 서글픔을 술회한 뒤, 봄이 되어도 돌아오지 않는 허전함 심경을 아름다운 춘경(春景)과 대비시켜 형상하였다. 그러던 봄날 대낮 님 생각에 정신이 지쳐 먼 곳을 바라본 뒤, 밤 되며 꿈에 보인 임의 모습을 묘사하였다. 전장에서 돌아온 임이 고생스럽게 종군한 모습을 세세하기 형상하고는 깊은 정과 사랑을 나누면서 백년해로를 약속했음을 강조하였다. 하지만 꾀꼬리가 갑자기 슬피 우는 소리에 꿈은 깨었고 임은 요수 가에서 백골이 되어 영영 돌아오지 못했음을 직설하여 그 슬픔을 극대화 하였다.

남편의 전송이 사별(死別)이 될 줄 몰랐음을 술회하였기에 비애와 감동의 폭이 크다. 범씨의 시가 속에 자녀에 대한 기술이 없기에 이 부는 신혼 초기에 쓰였으며, 아울러 망부석이 되어 청상으로 평생 수절했음을 살피게 한다. 이 부로 범씨 생평(生平)의 일단을 가늠할 수 있기에 매우 소중한 작품이라 하겠다.

범곤정(范壼貞)의 시가 문학

1. 범곤정과 『호승집시초(胡繩集詩鈔)』

　　범곤정의 자는 숙영(淑英)이며 호는 용상(蓉裳)으로 화정(華亭, 上海市 松江) 사람이다. 소원(嘯園) 범씨(范氏)의 후손인 효렴(孝廉) 범군선(范君選)의 딸로 호공수(胡公壽, 1823~1886)의 9세조(世祖)인 제생(諸生) 호란(胡蘭)에게 시집갔으나 결혼 생활은 순탄치 않았다. 호란은 명성이 없는데다가 무고하게 전사하였기에 이 부부의 생졸년은 살필 길이 없다. 범곤정은 시가에 능해 작품집으로 『호승집(胡繩集)』 8권을 남긴 바, 『송강부지(松江府志)』에 수록되었다고 하나 확인되지 않는다.[355] 이 시집에는 진계유(陳繼儒, 1558~1639), 범윤림(范允臨, 1558-1641) 등의 「서(序)」가 있다고 한다.[356] 범곤정의 시집으로는 후손 호공수(胡公壽)가 재차 인쇄한 『호승집시초(胡繩集詩鈔)』 3권만 전해지기에 이 판본에 의거해 이 글을 쓰게 되었다.

　　범곤정의 종조부인 범윤림은 그녀가 재정(才情)이 넘치는데다 성품이 한아(閒雅)하며 태생이 총명하였기에 시에 능할 수 있음을 칭송하고 그녀의 시를 가려 『호승집』을 출간함에, 그 연기(緣起)를 「호승집시초서」에서 아래와 같이 기술하였다.

　　　"우리 종실 여사(女士)인 숙영(淑英)은 호(號)가 용상(蓉裳)으로 효렴(孝廉)

---

355) 그 이유는 沈大成이 『胡繩集詩鈔』에 쓴 "夫人有『胡繩集』八卷. 長白先生實爲選刻, 陳徵君眉公所手評者也. 鼎革之際, 版毁兵火, 故楮零練, 罕有存者, 夫人之曾孫鯨發, 懼先著之失隆, 訪求積年, 擒撫散佚, 重爲編輯, 得古今體詩若干首. 分上中下三卷, 曰『胡繩集詩鈔』." 글로 살필 수 있다.
356) 『歷代婦女著作稿』 참조.

범군선(范君選)에서 태어났다. 총명하고 슬기로우며 성품은 조용함을 좋아했고, 더욱이 바느질하고 정결히 술 담그기를 중시하였다. 역사를 탐구하고 시편을 음창(吟唱)함에 이미 정교하고도 능하게 할 수 있는데다 또한 사색해 탐구하는 데에도 솜씨를 보였다. 내 내자(內子)의 『낙위집(絡緯集)』을 가까이 해 더욱이 매우 좋아했기에 차마 손에서 놓지 못했고 입으로는 읊조림을 멈추지 않았다. 깨달음이 있게 되면 이로 인해 때에 느끼어 사물을 읊고 감흥에 의탁해 회포를 토로함에 부드러운 붓을 잡고 글을 지어 초롱거리는 생각을 가려내었고 소전(素箋)을 펼쳐 양양(洋洋)한 운(韻)을 이어갔으니, 바로 이씨(李氏)의 아름다운 시문이요, 소가(蘇家)의 금자(錦字)[357]로, 또한 백중지간이라 할 만 했다. 그녀는 그것을 본래 베개 가운데의 진귀한 보배로 여겨, 남에게 보이려하지 않았기에 내가 그것들 중의 하나, 둘을 뽑아 출간해 보인다. 우리 종실의 여인이 조물(造物)에게 신령스러움을 구해, 읊조리며 노래함을 그만두지 않았음은 성정(性情)의 연마에 스스로 만족해서이다. 그래서 『호승집』이라 제하고 되는대로 몇 마디를 적어 서책의 머리말로 삼는다."[358]

범곤정은 총명한 여성일 뿐 아니라 시가에 남다른 흥미를 지녀 성취가 높은 시를 많이 쓰게 된 점을 알 수 있고, 범윤림의 처이자 그녀의 종조모인 서원이 그 남편과 화창해 지은 『낙위음(絡緯吟)』의 시를 좋아해 "수불인석, 구불정음(手不忍釋, 口不停吟)"했음을 알 수 있다. 따라서 서원의 영향을 다소 받게 되었음을 짐작할 수 있으며 그녀가 고심해 작시한 것이 바로 성정 도야를 위한 것이었기에 유가적 수양을 중시한 면을 살필 수 있다.

범윤림은 당시의 명사인 미공(眉公) 진계유[359]에게 서(序)를 청해 8

357) 산동성 鄆城縣 蘇氏는 魯의 비단 織造의 世家로 그 생산품이 그 지방에서 매우 유명하여 민간에서 "蘇家錦"이라 칭함. 이 소씨 가문은 방직기술을 대대로 집안에 전수하는데다 흰 비단에 七言長律 『織造經』을 써 적장자에게 전했으니 모두 714字로 쓰였다. 이 『織造經』은 소씨 집안의 家寶로 전해진다.

358) 「胡繩集詩鈔序」: "余宗女士, 淑英號蓉裳者, 産自孝廉君選. 聰慧性成靜好, 彌重縫裳潔醴. 旣擅精能搜史哦編, 復工摩揣. 卽余內子『絡緯集』, 尤爲鐘愛, 手不忍釋, 口不停吟. 若有領會也者, 因是感時賦物, 托輿抒懷, 弄柔翰而抽軋軋之思, 展素箋而綴洋洋之韻, 卽李氏瑤篇, 蘇家錦字, 亦堪伯仲矣. 彼固欲爲枕中之珍秘, 不示人. 余拔其一二, 付梓以表. 余宗之媛, 乞靈造物, 不廢咏歌, 自足陶情而鍊性也. 因題曰『胡繩集』, 漫識數言, 而弁於簡端."

권으로 간행하였는데 당시 진계유는 이미 80여세의 고령으로 산 속에서 요양 중이라 속무(俗務)를 보지 않았다. 노우(老友)인 범윤림이 보낸『호승집』을 읽고 그 서에 "『호승집』은 학사 범윤림의 품평으로 중시 받아 절로 세상에 널리 알려질 것이니 내가 말을 덧붙임이 어찌 받아지리오! 『호승집』을 서재 가운데 두기만 해도 서숙(徐淑)360)의 문사(文詞)와 같이 마음을 맑게 하고 눈을 환하게 하리니, 병마를 90리 밖으로 물러나게 함이 어찌 불가하리요!(『胡繩集』而取重於學使品題, 自當行世, 余何容贅. 雖然置『胡繩集』於齋中, 與徐淑文詞, 瑩心耀目, 俾病魔再避三舍, 何不可也.)"라고 써 극찬하였기에 범곤정의 시가 성취를 살피게 한다.

『호승집』은 3색으로 인쇄했으며, 붉은 붓글씨는 진계유가 평점(評點)을 더한 곳이라 하는데361), 이『호승집』은 전하지 않기에 그녀의 시가 성취를 품평한 흔적을 살필 길이 없어 아쉽기만 하다.

송강(松江)의 저명 시인 심대성(沈大成, 1700-1771)362)은 「호승집시초서(胡繩集詩鈔序)」에서 범곤정의 시를 "경물에 마음을 두고 성정을 서사한 시편이 매우 많아 봉묘(峯泖) 사이에서 회자되고 오회(吳會)까지 점차 파급되어 지금까지도 그것을 말하는 이가 여전히 많다(留連景物, 抒寫性情, 篇什繁富, 膾炙峯泖間, 駸駸播於吳會, 至今猶多道之者)"라고 평해 그녀 시의 성취가 돋보임을 강조했고, 그 뒤에는 "부인의 시는 특히 고시에서 뛰어남을 보였는데 5언은 원래 악부에서 근원하니 성정

---

359) 陳繼儒: 명대문학가로 字는 仲醇이며 號는 眉公 혹은 麋公이라한다. 華亭(上海, 松江)사람이다. 諸生으로 29세에 유가의 衣冠을 불태우고 小昆山에 은거하였다. 후에는 東佘山에 지내면서 杜門하고 著述하였다. 시문에 능했고 書는 蘇軾과 米芾을 본받았고 회화에도 능했다. 여러 번 황제의 부름을 받았으나 늘 병을 핑계로 사양하였다. 서화집으로『梅花册』,『雲山卷』등이 전하며, 저술로『妮古錄』,『陳眉公全集』,『小窗幽記』등이 전한다。

360) 徐淑: 東漢의 여 시인으로 秦嘉의 처이다. 부부의 금실이 좋아 남편이 병사한 뒤에 개가하지 않고 수절하다 죽었다. 그녀의 작품으로 「答秦嘉詩」一首와 答書 二篇이 전한다.

361) 이 글은 光緖五年(1879) 9세 孫 胡公壽『胡繩集詩鈔』를 펴내며 그 序에 쓴 "卷首有范長白允臨, 及陳眉公繼儒二序. 每詩又加眉公朱印評語. 二翁署年, 皆八十有二."라는 글로 알 수 있다.

362) 沈大成: 字가 學子이며 號는 沃田으로 江蘇 華亭人이다. 諸生으로 시와 古文에 능했고 博聞强識하였다. 다수의 經史書를 校定했고『學福齋集』58권을 저술하였다.『清史列傳』에 그의 傳이 전한다.

이 넘쳐흘러 진송육조(晉宋六朝)의 유풍(遺風)을 얻었다(夫人之詩, 尤長于古, 其五言原本樂府, 而聲情橫溢, 得晉宋六代之遺.)"라고 말해 5언 고시의 성취를 제기했고, "그녀의 7언 장편은 위로는 포조(鮑照)를 종(宗)으로 하고 아래로는 장적(張籍)과 왕건(王建)363)을 본받아 세상사에 강개하고 무용(武勇)에 격앙함이 진풍(秦風)지역의 노래에 가깝다.(其七言長篇, 上宗鮑明遠, 下亦規仿張王, 其慷慨時事, 激昂用壯, 庶乎秦風之版屋)"라고 평해 그녀의 7언 고시가 포조를 근간으로 장적, 왕건의 영향을 받아 상란(喪亂)의 강개를 읊은 진풍에 가까운 풍격임을 부연하였다. 이에 그녀가 특히 고시(古詩)에 능할 수 있었던 것은 자신의 시가 수양을 바탕으로 전화(戰禍)가 그치지 않는 당시 사회의 모순과 부조리를 고발하려는 강렬한 의지를 보인 때문이다.

또한 심대성은 범곤정 시의 주된 경향을 "그녀가 남편을 오래도록 그리워하며 누대에 올라 멀리 바라봄에 이르러, 남편이 산위에 있다는 말과 밝은 달 뜬 속에 돌아온다는 말이 늘 많게 쓰인 것은 명대(明代)의 법제에 매년 배로 동남에 곡물을 운송함에, 속관이 백성을 거두면서 마을과의 내통으로 좌천되어 다시 오랜 세월을 행역한 때문이다. 그녀의 시를 읽으면서 그녀의 뜻에 슬퍼짐은 바로「권이(卷耳)」,「여분(汝墳)」의 그리움이 있어서다.(至其永懷所天, 登樓望遠, 恒多藥砧山上之辭, 明月刀環之句, 蓋由明制 歲漕東南, 粟官收民, 兌閭左踐, 更經年行役. 讀其詩而哀其志, 其有「卷耳」,「汝墳」之思乎)"라고 말해 그녀의 시가 성향을 살피게 하였다. 하지만 청초(淸初) 주이존(朱彝尊, 1629-1709)은『명시종(明詩綜)』에서 범씨의 이 같은 영회시를 선록하지 않고, 칠률(七律)「제연우루도(題煙雨樓圖)」1수만을 수록한 것은 아마도 그녀의 시가에 대한 평가 기준이 서로 다른데서 기인한 듯한데, 아마도 독창성이 선록의 기준이 되었을 것이다.

---

363) 王建(767?-830?): 일생토록 미천한 관리로 지내며 빈곤한 생활을 하였다. 사회현실에 참여하면서 백성들의 고초를 이해하게 되어 대량의 우수한 樂府詩를 지었다. 그의 악부시는 張籍과 명성을 같이하기에 세칭 "張王樂府"라 한다 저술로『王司馬集』이 전한다. 특히 부녀가 멀리 떠난 남편을 그리워하는「望夫石」,「精衛詞」등은 굳건한 애정과 피압박자의 투쟁정신을 노래하였다.

『호승집시초』 앞면에는 진계유와 범윤림 두 사람의 「서(序)」, 그리고
청대 송강(松江)사람 심대성의 「서」가 있고 그 다음으로 9세손 호공수
(胡公壽)가 광서(光緒) 5년(1879) 기묘년(己卯年)에 붓으로 쓴 「서」가
있다. 호공수의 「서」는 가제(家弟)인 공번(公藩)이 건륭(乾隆) 초년(初
年)에 중각(重刻)한 『호승집시초』를 다시 동인(同人)에게 나눠주기 위해
광서(光緒) 5년 윤(閏)3월에 중각한 이유를 언급하고 있다.364) 이 글은
응당 제일 뒤에 실어야 하는데 범윤림 「서」 뒤에 두었기에 혼동하기 쉽
다. 이 시초 맨 뒤에는 증손 호유종(胡維鐘)365)의 발(跋)이 있는데, 이
발은 『호승집』이 전해지지 않았기에 그가 수년에 걸쳐 증조모인 범곤정
이 남긴 고금체시(古今體詩)를 찾고 구해 상, 중, 하 3권을 1책으로 묶
고, 심대성 서(序)를 부쳐 『호승집시초』란 시집명으로 청(淸), 건륭(乾
隆) 을유년(乙酉年, 1789)에 천유각(天遊閣)에서 간행한 연기(緣起)를
기술하고 있다.

호유종(胡維鐘) 발(跋) 중에 "망국(亡國) 시기 소주(蘇州) 범윤림 선생
이 선각한 것이 10중 6, 7에 불과함은 빈번한 재난에 연잇고 판각한 것
이 전란에 훼손되어서이다. 백년 이래로 흩어져 없어진 것을 수집하고
유실된 것을 찾아 보존한 것은 겨우 10중 3, 4일 뿐이다.(勝國時吳中,
范長白先生選刻者, 什之六七, 洊更喪亂, 版毁兵火. 百年以來, 捃拾散
亡, 搜求遺佚, 令存者, 僅什之三四矣.)"라는 기록이 보이며 이어 쓴 "지
금 다행스럽게도 여러 해에 걸쳐 자질구레한 것들을 모아 차례대로 배열
해 서질(書帙)이 되었기에 인쇄인에게 주어 책이 전해지기를 바라게 되
었다. 하지만 교목(喬木)이 있지 않으니 마시는 나무잔이 어디에 있겠는
가? 마치 실처럼 끊어지려는 줄기를 어루만지며 수없이 많은 것에서 하
나를 주웠으니 비적(秘籍)으로 저장한 서고(書庫)의 좀 먹은 서간 같고,

---

364) 이 시집은 光緒 4년(1878)겨울 범곤정의 9세 손인 胡公藩1)이 松江 故家에서 『호승
집시초』를 찾게 된 바, 좀은 먹었다 해도 문자는 결손되지 않아 光緒 5년(1879) 閏
3월에 乾隆 연간 天游閣 판각을 다시 인쇄 출간하게 되었다. 그는 출간하며 "苟他
日硏田稍潤, 當以原集依式重鐫, 幷擬將省庵先生(胡維鍾) 未刻 『北遊草』 附於後."라
고 술회하였으나, 필자는 아직 光緒本을 구하지 못했기에 『北遊草』를 접할 수 없
었다.
365) 號는 省庵으로 光緒 『松江府續志』 권 31 쪽에는 維勛으로 기록됨 .『茸城雜憶』 2쪽
楊坤이 기술한 "『胡繩集』과 嘯園"의 기록에 의거함.

많은 재난에 남겨진 재와 같아, 아득하기가 숲 아래의 강풍(强風) 같고 미세하기가 바다 속 붓글씨 와 같다. 다만 한탄하며 울면 슬픔만 생기고, 깊게 생각하면 순식간에 예민함만 더할 뿐이다.(今幸薈蕞積年, 排纘成帙, 得付梓人, 冀垂來葉. 然而喬木靡存, 栖椦何在. 撫墜緒其如絲, 掇什一於千百, 比諸羽陵蠹簡, 賢刼餘灰, 邈林下之高風, 宛海中之點墨. 抑亦憐儂生悲, 俯仰增感也已.)"라는 기록은 『호승집시초』 3권이 범곤정 작품의 극히 적은 일부임을 살피게 한다.

2. 범곤정 시가의 창작배경

만명(晚明) 시기 강남 지역은 경제가 번영했기에 사대부들은 음영하기를 서로 좋아하여 기이함을 다투었으니, 그 유풍이 규각에 이르렀다. 특히 이 같은 문풍의 성행은 명말 복사(復社)와 기사(幾社)의 출현에서도 찾을 수 있으니, 바로 "이때가 되어 태창의 장씨 형제가 복사(復社)를 일으키니 우리 군 진황문의 기사가 그것을 이어 유풍이 입혀져 마침내 규각에 이르니 육경자, 서원, 심의수와 그녀의 딸 엽환환, 엽소란 모두는 거기에 뽑힌 이들이다(當是時, 太倉張氏兄弟興復社, 而吾郡陳黃門幾社, 繼之流風所被, 遂及閨閣, 陸卿子, 徐小淑, 沈宛君, 與女葉昭齊, 瓊章姊妹, 皆其選也.)"366)라는 기술이 바로 그 단서이다. 따라서 범곤정 시는 소주(蘇州)의 육경자(陸卿子), 서원(徐媛, 字 小淑, 1560-1620), 심의수(沈宜修, 字 宛君, 1590-1635), 엽환환(葉紈渙,字昭齊,1610-1632),엽소란(葉小鸞, 字瓊章,1616-1632) 등과 같은 여류 시인의 영향 아래 창작되었음을 알 수 있다.

특히 범곤정은 종조모인 서원(徐媛 1560?-1620)의 시를 애호했기에 그녀가 쓴 주제나 풍격에 다소의 영향을 받았을 것으로 유추된다. 따라서 범곤정이 시작활동을 한 시기는 서원의 생년보다 40-50년 뒤인

366) 沈大成「호승집시초서」 참조

1600-1610년 전후로 추정할 수 있다.

한편 청(淸) 왕단숙(王端淑)이 강희(康熙) 6년(1667)에 청음당(淸音堂) 각본으로 낸 『명원시위초편(名媛詩緯初編)』에서는 범곤정의 시 2수 「추야(秋夜)」와 「춘규효월(春閨曉月)」367)을 선록하고는, 소주(蘇州) 사람이라고 소개했으나, 청(淸) 운주(惲珠)가 편찬하여 도광(道光) 11년(1831)에 홍향관(紅香館) 각본으로 낸 『국조규수정시집(國朝閨秀正始集)』에서는 그녀의 「정녀시(貞女詩)」 1수를 선록하면서 강소(江蘇) 화정(華亭) 사람이라고 표기해 기록이 상이(相異)함을 보였기에 그녀의 주된 거처를 살필 길이 없다. 단지 그녀가 시집간 제생(諸生) 호란(胡蘭)의 집안이 소주에 있지 않았을까 유추할 따름이다. 따라서 그녀는 이 두 지역을 왕래하며 생활했을 것으로 추측할 수 있다. 그녀의 시편에는 거의 지명이 제기되지 않는데, 절구에서만 "소원(嘯園)"과 "오문(吳門)"이란 지명이 자주 등장하기에 이를 근거 삼을 만하다. "소원(嘯園)"은 「유소원부(游嘯園賦)」 병서(幷序)에서 다음과 같이 소개되고 있다.

"소원은 돌아가신 증조(曾祖) 방백공(方伯公368)(范惟丕))께서 직접 만드신 정원이다. 지금까지 100여년이 되었는데 아버님께서 집에 계시면서 좀 한가하실 때마다 항상 이곳을 노니셨다. 나도 역시 일찍이 여기에서 책을 읽곤 했으니, 누대 있고, 전각 있고, 연못 있고, 다리 있고, 정자가 있다. 비록 땅은 몇 이랑 안되었지만 하늘로 오르는 고목들이 수십 그루 있어, 긴 여름엔 그늘에 의지할 만하였다.······ 책상에 기대어 책을 음미하다가, 바위산에 기이한 모습이 모임을 멀리 바라보았다. 진실로 부귀를 버리고 왕공(王公)을 업신여길 만 했기에, 이에 부를 지어 그것을 기재한다."369)

---

367) 이 시는 "小院沈沈夜, 梨花滿藥欄. 朱簾光欲曙, 角枕漏初殘. 夢到關山遠, 情深隴水寒. 淸閨久寂寞, 孤影伴芳蘭."으로 『胡繩集詩鈔』에는 보이지 않는다. 胡維鐘이 편찬할 때 빠트린 듯하다.

368) 方伯(방백): 명청대(明淸代)에 포정사(布政使)를 모두 방백이라 칭하였다. 방백공은 范惟丕로 江西布政使를 지냈기에 방백이라 칭하였다. 그는 후에 南京太僕寺卿을 지냈기에 沈大成의 『호승집시초』 序에 "夫人系出文正, 爲太僕中方曾女孫, 孝廉君選子女子, 而大衆長白之從女孫"라는 기술이 보인다.

369) 「游嘯園賦」幷序: 부록을 참조할 것.

곧 소원은 증조 범유비(范惟丕)가 세운 정원으로 범씨가 문학적 소양을 키우는데 큰 도움을 준 정원임을 알 수 있다. 또한 범유비는 바로 범윤림의 부친으로 북송 범중엄(范仲淹, 989-1052)의 17대손이었으니 범씨의 세가(世家)가 권문세족이었을 뿐 아니라, 소원은 그녀가 시집가기 전에 살던 화정(華亭)에 있었음을 살필 수 있다. 이러한 생활환경과 종조모 서원의 시풍은 그녀가 시가 창작 생활을 즐기게 된 계기가 되었음을 짐작할 수 있다. 또한 "오문(吳門)"이란 지명은 소주로, 「동일오모씨주박오문감부(冬日同母氏舟泊吳門感賦)」 2수에서만 보일 뿐, 소주(蘇州)이외의 지역에서는 쓴 시가 없기에, 남편을 따라 여러 곳으로 여행하면서 견문을 넓혔던 서원의 시와는 그 제재나 풍격이 다를 수밖에 없었음을 알 수 있다.

『호승집시초』 맨 끝에 첨부된 부(賦) 2수 중 「춘규몽리인부(春閨夢裏人賦)」의 말미에 보이는 "가지 위의 꾀꼬리 갑자기 슬프게 울어 꿈 깸을 한스러워 하네. 누가 믿었으랴! 남편은 돌아오지 못하고, 강가에서 백골이 썩어 감을!(恨枝上之黃鳥兮, 忽哀啼而夢殘. 誰信! 良人之不反兮, 朽白骨於河干.)"이라는 단락은 남편이 상란(喪亂) 중에 전사했음을 짐작케 하는 단락으로, 범씨가 거의 반생을 홀로 지내면서 느낀 외로움이 시가 창작의 주된 배경이 된 점을 살필 수 있다.

3. 고시(古詩)와 율시의 주제 및 그 내용

전해지는 범씨의 시는 『호승집시초』 권상(卷上)에 5언고시 20수, 7언고시 38수(총58수) 권중(卷中)에 5언율시 32수, 7언율시 16수(총48수) 권하(卷下)에 5언절구 34수, 7언절구 36수(총70수)가 수록되었기에 모두 176수가 전한다. 아울러 2수의 부(賦)인 「유소언부(游嘯園賦)」 병서(幷序), 「춘규몽리인부」가 『호승집시초』 맨 뒤에 첨부 되어 전한다. 특히 「춘규몽리인부」 말미의 탄식은 남편이 종군하다가 전사했음을 짐작케 하니, 그녀의 시가 중에 사부시(思婦詩), 이별시(離別詩), 원시(怨詩)

가 다수를 점하는 까닭을 알 수 있다.

화정(華亭)의 저명한 문인 심대성이 그녀 시가의 성취를 평한 고시 58수와 율시 48수의 주제는 아래와 같이 대별할 수 있다.

주된 주제별로 나누면 사부시(思婦詩: 閨怨, 棄婦, 怨情, 失寵, 亡夫) 38수, 별리시(別離詩: 別愁, 別情, 惜別) 18수, 절후시(節候詩) 14수, 절의(節義)와 숭덕(崇德) 찬미시 7수, 세태풍자시(世態諷刺詩: 難得知音, 官吏諷刺, 苛斂誅求) 7수, 인생관을 담은 철리시(哲理詩) 6수, 사친시(思親詩) 2수와 기타 시(부득지, 음영미인, 소년찬미 등) 15수로 구분할 수 있다. 그 중 남편을 그리워한 사부시(思婦詩)와 남편과의 이별을 슬퍼한 별리시가 모두 56수 이상으로 절반을 넘으니 범곤정의 시가는 사부시가 주류임을 알 수 있다. 특히 이러한 시들 중에서도 "고침(藁砧)"이란 용어를 시제에 그대로 넣어 지은 작품이 13수370)이기에 남편에 대한 그리움이나 우수의 정도를 살피게 한다.371)

따라서 범씨 시가의 주제를 편의상 1)사부시(思婦詩), 2)절후시(節候詩), 3)정절(貞節)과 숭덕(崇德) 찬양시, 4)세태(世態) 풍자시(諷刺詩)및 인생관을 담은 철리시(哲理詩), 5)제화시(題畵詩)로 구분해 그 특질을 살펴 볼 수 있다.

1) 사부시(思婦詩)

사부시는 남편에 대한 애(哀), 원(怨)을 읊은 시로 규원(閨怨), 기부(棄婦), 원정(怨情), 실총(失寵), 망부(亡夫), 별수(別愁), 별정(別情), 석별(惜別)을 제재로 하였는데 모두 56수이다. 이는 모든 고시와 율시 106수중에서 56수를 점하니 범곤정 시가 주제의 대부분은 남편의 부재(不在)에 대한 애(哀), 원(怨)이나 실의라고 할 수 있다.

우선 오랫동안 헤어졌던 남편과 재회의 기쁨을 그린 「동야희고침귀

---

370) 對酒憶藁砧/春暮憶藁砧/送藁砧入都/和藁砧惜別詞/代藁砧寄友/秋夜憶藁砧/村晚憶藁砧/夜坐天游閣懷藁砧/送藁砧入都/冬夜喜藁砧歸/懷藁砧/送藁砧游金陵 其一/送藁砧游金陵 其二

371) 『호승집시초』卷下은 絶句만을 모은 시집으로 여기에는 五絶 34수, 七絶 36수(모두 70수)가 수록되었는데 이 중 7수의 시제에 藁砧이란 용어를 썼다.

(冬夜喜虆砧歸)」는 "올 겨울 추위 사납지 않았어도 작은 누각에 매화 피었네. 밝힌 촛불 막 바꾸고, 잔 드니 달 이미 기울었네. 그리운 정 끝이 없었는데, 서로 만나니 말은 한없네.(今冬寒未厲, 小閣有梅花. 秉燭更初動, 擎杯月已斜. 相思情不極, 相見話無涯.)"와 같이 술회하여 남편을 만난 때가 시절도 매섭지 않아, 밤새도록 이야기를 나눠도 끝이 없었음을 회상하였고, "고상한 맛 가난한 집일수록 좋기에 새로 거른 술 싼 값에 샀네.(風味貧家好, 新篘底用賖.)"라는 미연(尾(聯))으로는 가정 형편이 넉넉지 못하지만 재회의 기쁨만은 만끽했음을 언외(言外)로 드러내었다. 하지만 이처럼 기쁨을 묘사한 시는 얼마 되지 않으며 이별의 고통이나 기다림을 쓴 시가 대부분을 차지한다. 다음 5언고시 「춘원(春怨)」은 따사로운 봄날 남편을 그리워하며 돌아오기를 바라는 애절함을 썼다.

봄날 따스하고 하늘에 구름 없으나, 하늘엔 임 보이지 않아
앵두꽃 아래에서 춤추다가, 홀로 서서 석양에 의지했네.
주렴과 수놓은 휘장 봄바람에 멀어져, 수심 엉겨 뒤엉킨 꽃들을 홀로 대했네.
왕손 같은 임 실망스럽게도 돌아오지 않는데, 하늘가 향기로운 풀은 산비탈을 가렸네.
春暖天無雲, 長空不見君. 櫻桃花下舞, 獨立倚斜曛.
珠簾繡幕東風遠, 凝愁獨對花繾綣. 王孫望望不歸來, 天涯芳草迷長坂.

구름 없음, 봄바람, 만개한 꽃 등과 같은 자연 현상에 작자의 외로운 감정을 투영시켜 그리운 임이 돌아오지 않는 비애를 함축하였다. 특히 "이경서정(以景敍情)"의 방식으로 춘원(春怨)을 상외(象外)로 그렸다.

5율 「추규원(秋閨怨)」 또한 작품 배경이 가을일 뿐 유사한 방식으로 원정(怨情)을 읊었다. 이 시는 "엽락(葉落)", "공음(蛩吟)", "동화모(桐花暮)", "향우침(香雨沈)"으로 가을의 정취를 그린 뒤, "난결(嬾結)", "장회(長懷)"로 원정(怨情)을 드러내어 남편이 곁에 없는 우수를 곡진히 한 뒤, "바람 불어 다듬잇돌 치워버렸네.(吹徹搗衣砧)"라고 써 그리운 정이 다해 원정으로 바뀌었음을 우의하였다.

이와 유사한 정조를 보인 시구로는 「대주억침고침(對酒憶虆砧)」의

"멀리 바라보니 더욱 수심 맺히는데, 떠가는 구름은 어디로 돌아가나!(望遠轉愁結, 流雲何處回.)"를 들 수 있으니 원정(怨情)을 애정(愛情)으로 승화시켜 읊은 예이다. 반면 「춘효곡(春曉曲)」의 "애달퍼라! 새벽꿈은 바로 관서의 꿈이건만, 닭 울음과 앵무새 울음이 서로 끊였다 이어짐이!(可憐曉夢正關西, 雞聲鸚聲相斷續.)"와 「석일(昔日)」의 "술기운 남아 밤 적막하져 창 밀고 바라보니, 먼지가 거울을 어둡게 하여 조각달 누러네.(酒殘夜寂推窓望, 塵暗菱花片月黃.)"와 같은 술회는 남편과 이별로 생긴 실의를 경(景)으로 드러낸 예이다.

한편 범곤정은 외지를 떠도는 남편에 대한 실의를 보였으니 「의청청하반류(擬青青河畔柳)」의 "떠돌며 노니는 사내에게 시집오니, 세월은 벗어나듯 빠르기만 하네. 오래 머무시며 먼 길을 한하시려니 어찌 명철하신 임을 뵈랴!(自嫁游冶郞, 流光迅超越. 淹留恨遠道, 何以覿明哲.)"라는 술회가 바로 그렇다. 다음 「고의(古意)」 또한 유사한 정감을 토로하였다.

> 그대는 우물 밑 샘물 같이, 평생토록 웃으며 말해 입에 파문 일지 않았고
> 게다가 우물의 도르래 같아, 평생토록 여러 사람 손 거쳤기에 마음 외롭지 않았네.
> 이 내 마음은 피었다가 다시 지는 꽃 같아, 꽃 지고 꽃 핌에 늘 적막했네.
> 한(恨)서림은 산 같아 옮길 수 없었고, 남쪽 배와 북쪽 말 같아 좇을 연유 없었네.
> 아침마다 거울 대해 구름 같은 머리 빗으며, 하얀 분 바르지 않음은 누구 때문이었나?
> 君如井底泉, 終年笑語口無瀾. 又如井轆轤, 終年宛轉心不孤.
> 妾意如花開復落, 花落花開長寂寞. 有恨如山不可移, 南船北馬無由隨.
> 朝朝對鏡梳雲鬐, 不御鉛華却爲誰.

앞 두 연은 남편에 대한 원정(怨情)의 내원을 써, 시인과는 인성이나 처지가 다른 남편을 제기함으로써 자신에 대한 무관심을 함축했다. 제 3 연은 자신의 처지가 화개부락(花開復落)과 같아 보아주는 이가 없는 외로움을 술회했으며, 제 4연은 두 사람의 처지가 남선북마(南船北馬)라서 근본적으로 서로 합치할 수 없는 한(恨)을 묘사 했고, 마지막 연은 사랑

받지 못하는 처지를 직설해 애상이 극에 이른 것을 표현했다.

또한 남편에 대한 사랑과 믿음을 견지하기 어려움을 우의한 「혜방(蕙房)」은 임을 사랑하게 되어 향기 나는 좋은 방으로 들어가 미래를 약속하며 사랑을 나눴음을 고백한 뒤 금성과 은하수가 한 때만 찬란한 빛을 발함을 빌어 임의 총애는 순간으로 끝남을 강조하여, 실의의 정도를 엿보게 하였다. 곧 "은혜와 총애 받았지만 어찌 오래 가려나?(承恩承寵安可長)"와 같은 직설적인 표현은 부부애가 깊지 못한 데서 온 애원(哀怨)의 묘사다. 이같이 실총(失寵)을 직설적으로 드러낸 시는 그 수가 얼마되지 않는다.

한편 기부(棄婦)의 신세로 외롭게 살아가는 처지를 기탁한 영물시 「추선(秋蟬)」은 함의가 깊다. 이 시는 가을바람 속에 매미 울음이 처량하게 들려 제철이 지났음을 강조한 뒤, 늦가을 매미의 생태를 그려 자신의 불우를 토로하였다. 득의했던 한 때가 지났기에 외부 세계에 대한 두려움이 더욱 커짐을 부각시킨 예는 낙빈왕(駱賓王)시 「재옥영선(在獄咏蟬)」의 "이슬 무거우니 날아들기 어렵고 바람 세차니 소리 쉽게 잦아드네(露重飛難進, 風多響易沉)"에서 찾을 수 있다.

「부득원상망춘초(賦得原上望春草)」 또한 실총 묘사로, 시정(詩情)의 전개가 흥미롭다.

온화한 바람 소성(小城) 서쪽으로 멋대로 부는데, 평평한 언덕 바라보니 이미 푸른 빛 일색이네.

북쪽 변방에서 말 옮은 수자리 지킴 원망해선데, 붉은 누대에서 사람 취함은 석양 낮아져서네.

맑은 햇빛 일렁임은 봄 그늘 옅어져서건 만, 향 그런 운무 자욱하니 먼 산봉우리 희미하네.

되려 이상도 하지! 무리 진 꾀꼬리 어지러이 나는 곳이, 해마다 비에 잠기는 긴 둑인 것이!

軟風駘宕子城西, 一望平皐綠已齊. 紫塞馬嘶征戍怨, 朱樓人醉夕陽低.

晴光搖曳春陰薄, 香霧空濛遠岫迷. 却怪群鶯亂飛處, 年年和雨沒長堤.

봄날 임을 그리는 마음과 실총을 회복하기가 쉽지 않음을 함축하였다. 봄이 와 도처에 이미 푸른 풀 자라났건만 변방에 계신 임은 돌아오지 않기에 여인은 해질 때까지 임을 기다림을 썼다. 특히 제 3연은 청광(晴光), 향무(香霧)로 인해 시인 자신의 존재 가치가 약화됨을 형상하였고, 끝 연에서는 꾀꼬리로 비유된 임이 계신 곳이 "풀 자라고 여러 꽃 피어 나무 자라는 강남(江南草長, 雜花生樹)" 땅이어야 하는데, 무리 진 꾀꼬리 어지럽게 날고 해마다 비에 잠기는 제방임을 강조해, 임이 돌아오지 않을뿐더러 머물지 말아야 할 곳에 머물고 있는 어리석음을 우의(寓意)하였다.

「추야(秋夜)」는 왕단숙(王端淑)이 『명원시위초편(名媛詩緯初編)』에서 범곤정을 소주(蘇州) 사람이라고 소개하며 선록한 2수372) 중 첫 수에 해당되는 작품이다. 이 시는 가을밤의 경상을 보고 느낀 정회를 그렸다. 날씨가 추워짐에 따라 나뭇잎은 시들고 철새는 따뜻한 곳으로 날아간다. 이러한 자연 변화는 규방에서 거문고를 연주하던 시인의 감회를 자극하여, 사방을 둘러보게 하나 보이는 이 없어 함제(含涕)하며 방황할 수밖에 없었던 자신의 처지를 우의해 임의 부재(不在)를 엿보게 하였다.

한편, 「추성(秋聲)」은 가을 소리만을 열거해 독거(獨居)하여 외로울 수밖에 없는 자신의 처지를 술회하였다. 상반부인 "맑은 밤 차가운 통소 소리 성긴 숲을 넘어오고, 만호 집의 겹친 성엔 저물녘 다듬이소리 급하네. 이슬 내리는 은하수로는 조두 소리 재촉하는데, 바람 높은 곳의 장식된 우물엔 도르래 소리 잠기네.(清宵寒籟度疎林, 萬戶重城急暮砧. 露下銀河刀斗促, 風高金井轆轤沈.)"로는 근경(近景)인 한뢰(寒籟), 모침(暮砧)으로 추성(秋聲)을 드러냈고, 도두촉(刀斗促), 녹로침(轆轤沈)으로는 적막을 깨는 쓸쓸한 분위기를 첨가하였다. 하반부인 "귀뚜라미는 한밤중에 침상머리에서 울고, 기러기는 가을 깊어 변새 밖에서 소리 내 우네. 한 해 가며 적막함이 깊어져 절로 마음 상하는데, 창가로 쓸쓸히 비

---

372) 다른 한 수는 「춘규효월(春閨曉月)」인데 『호승집시초』에는 보이지 않는다.

내리니 더욱 견디기 어렵네.(莎雞夜半牀頭語, 鴻鴈秋深塞外音. 歲晚自
傷搖落甚, 凄凄窓雨更難禁.)"로는 사계(莎雞)의 상두어(牀頭語)와 홍안
(鴻鴈)의 새외음(塞外音)을 대비시켜 자신이 임과 떨어져 지냄을 우의한
뒤, 추야(秋夜)의 우성(雨聲)을 써 더더욱 견디기 어려운 처지를 엿보게
하였다. 늦가을 경상들을 청각적·시각적으로 결합시켜 고독을 부각시킨
점이 돋보인다.

이와 같은 시들을 통해 범곤정은 남편을 극진히 사랑하며 섬겼으나
기나긴 행역으로 인해 그녀의 사랑은 결코 되돌릴 수 없어 결국 원정(怨
情)을 드러낼 수밖에 없었음을 알 수 있다. 심대성(沈大成)이 『호승집
시초』서에서 "그녀의 시를 읽으며 그녀의 뜻에 슬퍼짐은 바로 「권이(卷
耳)」, 「여분(汝墳)」의 그리움이 있어서이다"라고 한 평은 바로 이 같은
특성을 개괄한 말이기도 하다.

2) 절후시(節候詩)

범곤정은 절후의 변화에 민감하여 「기등소곤산, 부과소적벽, 등미공선
생독서대(旣登小崑山, 復過小赤壁, 登眉公先生讀書臺)」, 「감추(感秋)」,
「춘제곡(春堤曲)」, 「상원곡(上元曲)」, 「춘야곡(春夜曲)」, 「서교(西郊)」,
「무제(無題)」, 「구우(久雨)」, 「수세(守歲)」, 「우후(雨後)」, 「귀연(歸燕)」
의 기이(其二), 「십오야(十五夜)」 같은 시를 지어 절후가 일으키는 다양
한 감회를 다채롭게 술회하였다. 우선 '비추(悲秋)'의 내원을 읊은 5언
고시 「감추(感秋)」는 "호기(灝氣)"·"청민(靑旻)"·"상풍(商風)"·"형축
(形蹙)"·"백로(白露)"와 같은 가을 경색을 보이는 시어(詩語)에 "원선
(元蟬)"·"황조(黃鳥)"와 같은 곤충이나 금(禽)을 등장시켜 만상이 쇠잔
해 감을 각인시켰다. 특히 "백로령(白露零)"·"만화귀(萬化歸)"를 통해
세월이 너무 빠르게 지나감이 비추(悲秋)의 원인임을 역입(逆入)하여 표
현함으로써 가는 세월을 만류하고픈 심경을 절실히 드러내었다. 곧 이
시는 추경(秋景) 묘사를 통해 유독(幽獨)으로 돌아가지 않을 수 없는 자
신의 처지를 우의한 점이 이채롭다.

다음의 「춘야곡(春夜曲)」은 봄밤의 춤과 고요한 정취를 그리면서 온

밤을 홀로 지내야 하는 외로움을 곡진하게 묘사하였다.

> 진쟁 느슨히 당기니 은선(銀蟬)장식 드러나, 비단옷 좀 입어보고 평양무 추네.
> 열두 개 주렴으로 배꽃 날리는데, 달빛은 물처럼 밝아지니 제비 막 돌아왔네.
> 초승달 뜨지 않아 봄밤은 긴데, 백화 향 사라지니 **촛불** 싸늘해지네.
> 비취 깃 휘장 앞 봄빛은 짙건만, 바다 구름 하늘하늘 이니 해 막 붉어지네.
>
> 秦箏緩卸銀蟬吐, 羅衣小試平陽舞. 珠簾十二梨花飛, 月明如水燕初歸.
>
> 玉鉤不上春宵永, 百和香消炬冷. 翠羽帳前春色濃, 海雲冉冉日初紅.

달 밝은 봄날 밤, 진쟁(秦箏)을 당기고 나의(羅衣)를 입어보며 무료를
달래는데 주렴 밖으로 배꽃이 날리고 제비 날아드는 모습을 묘사하여 봄
밤의 정취와 고요함을 형상하였다. 그런 뒤, 봄밤이 깊어가며 꽃향기 사
라지고, 날 밝아 오며 뭉게구름 피어오르는 중에 봄밤이 다하는 아쉬움
을 함축하였다. 무희(舞姬)와 가희(歌姬)의 예능을 칭송하며 이들에게 다
수의 증시(贈詩)를 남긴 서원(徐媛)의 시와는 풍격이 여실히 다름을 엿
보게 한다.

「서교(西郊)」는 봄날 교외(郊外)의 한가로움을 묘사하였다. "서녘 교
외엔 봄빛 이른데, 이월되니 초록빛 가지런해지네. 모래톱 따뜻해 물새
누었고, 티끌 향기 내니 최명조(催明鳥) 우네.(西郊春色早, 二月綠將齊.
沙暖鳧鷺臥, 塵香鴨鴀啼.)"로는 물새들 누워 있는 모래톱은 따스한 봄
기운을 전하는 듯 묘사했고 "하늘 드리우니 물안개 드넓어지고, 사람 취
하니 저녁놀 낮아지네. 곳곳에서 시냇물 굽어 도는데, 꽃 피기에 지팡이
에 의지했네.(天垂煙水濶, 人醉夕陽低. 處處溪山曲, 花開傍杖藜.)"는
'아지랑이', '저녁놀', 굽이도는 '시냇물', '꽃' 등의 시어들을 조합해 봄
날의 한가로운 정취를 한 폭의 풍경화로 그려내었다. 이 시는 범씨의 회
화에 대한 소양을 살피게 하는 작품으로, 그녀가 제화시(題畵詩)를 남기
게 된 것도 우연이 아님을 살피게 한다.

다음의 5율 「무제(無題)」 또한 섬세한 언어 감각을 발휘하여 봄 정경
을 그렸다. "제방으로 수 없이 드리운 버들가지, 못을 향하고 땅을 에둘

러 그늘 드리웠네. 나는 저무는 빛을 타고, 이곳에서 그윽한 회포를 푸네!(堤上千絲柳, 臨池匝地陰. 我將乘晩色, 於此散幽襟.)"로는 못에 임한 땅을 그늘지게 한 무성한 버들로 시상(詩想)을 열었음을 말했고, "새울음 숲 그림자 어둡게 했고, 꽃향기는 물가를 사이로 했네. 봄바람 성시에 가득 하니, 누군가 거문고 뜯는 이 있다고 말하네.(鳥語冥林影, 花香隔水潯. 春風滿城市, 誰道有鳴琴.)"는 '새 울음소리', '꽃향기', '봄바람'과 같은 시어를 시각·청각·후각·촉각에 연계시켜 봄의 정취를 실감케 하였다.

「수세(守歲)」는 세모의 수심을 읊은 시로 당시 세모의 관습을 엿보게 한다. "그믐밤 새움은 연말을 아쉬워 해선데, 안타깝게도 북두성 기우네! 매운 채소 먹음은 절기 따름으로, 자시 되니 한 해가 바뀌네.(守歲戀殘臘, 其如斗柄斜. 辛盤隨令節, 子夜換年華.)"로는 한 해가 또 지나가는 아쉬움을 끌어내어, 세밑에 매운 야채를 먹으며 수세하는 풍습을 그렸고, "마을마다 폭죽 터지는 소리 내고, 정원마다 꽃은 등불을 사르는 듯한데, 아이들 너무도 예의 없어, 북 치며 이웃 사람 괴롭히네.(爆響村村竹, 鐙燒院院花. 兒童太無賴, 擊鼓惱鄰家.)"로는 소란스런 아이들의 모습을 부각시켜 철모르는 아이들에 대한 연민을 씀으로써 시인이 그믐밤을 홀로 보내야 하는 서글픔과 외로움을 함축하였다.

「십오야(十五夜)」는 정월 보름의 정취와 관습을 읊었다. "봄바람 홀연히 그치며 보름 되어, 말 술 단지 다시 여니 또 만금 값일세. 옥 같은 이슬은 선인장 저편으로 밤새 내리는데, 금빛 새끼줄 같은 달빛 비단 자리 앞으로 차갑게 떨어지네. 진(秦)나라 쟁(箏)과 조(趙)나라 슬(瑟)에는 희고 맑은 달빛 머무니, 유곽(遊廓)의 기녀와 이웃집 여인들 비취 비녀의 고움을 다투네.(春風忽已當三五, 斗酒重開又十千. 玉露夜零仙掌外, 金繩寒墮綺筵前. 秦箏趙瑟留華月, 北里南鄰競翠鈿.)"로는 보름 되자, 금값인 술 마시고 가무를 즐기면서, 미모를 뽐내는 기녀들의 행태를 묘사했다. 끝 연 "어찌해 자고 신에게 풍년을 묻나? 한 왕조에서 이 저녁에 바로 한 해의 복을 빌었거늘!(底向紫姑占歲稔, 漢家此夕正祈年.)"로는 한대(漢代)에서도 이 날 풍년을 비는 관습이 있었음을 제기해 기나긴 세월이 흐른 뒤에도 그 풍습은 여전함을 술회하였다.

절후의 감회를 읊은 이상의 시가를 통해 범씨는 절기의 변화로 일어나는 갖가지 정감을 다양하고도 개성 있게 표현했음을 알 수 있다. 봄날의 정취를 그린 시들은 정조가 밝고 유쾌한데 반해, 가을 절후를 그린 시에는 다소의 비애가 감돌며, 겨울 절기를 읊은 시들은 기대보다는 도려 한 해를 보내는 아쉬움과 외로움이 반영되었다. 절후의 감회를 묘사한 작품은 한아(閒雅)한 특징을 보이는데다 경색 묘사가 화려하지 않고 소박해 범곤정 시가의 또 다른 특색을 살피게 한다.

3) 정절(貞節)과 숭덕(崇德) 찬양시

범곤정은 유가 소양을 중시하는 가문에서 성장하였기에 유가 관념을 반영하는 작품을 다소 남길 수 있었다. 곧 유가의 덕을 숭상하여 정절을 찬미한 시가로 「우성(偶成)」, 「종란편(種蘭篇)」, 「중방국가(重訪菊歌)」, 「종죽(種竹)」, 「노(鷺)」, 「정녀시(貞女詩)」 병서(幷序), 「해상고효렴모절효시(海上顧孝廉母節孝詩)」 같은 시 7수를 들 수 있다. 우선 절의(節義)를 읊은 「우성(偶成)」은 외로운 중에서도 이별한 임을 생각하며 지조를 지키려는 결의를 다짐하였다.

복숭아꽃 자두 꽃 봄 자태 고운데, 소나무 측백나무 굳은 절개 엄숙히 하네.
각기 조화가 사사로워, 추위와 더위로 수명을 달리하네.
오늘 아침 두 땅에서 그리워져, 눈물 넘쳐흐르니 속마음 말하기 어렵네.
흰 구름은 험준한 요새에서 막히는데, 외로운 기러기는 깊게 쌓인 눈을 두려워하네.
가면 갈수록 일 더욱 어긋나, 쓸쓸하고 외로워져 마음 꺾이려 하나
의리와 그리움이라는 두 글자, 죽도록 지워지지 않게 새기리!
桃李媚春姿, 松柏厲霜節. 各含造化私, 寒暑終年別.
今朝兩地思, 淚溢衷難說. 白雲阻重關, 孤鴻畏深雪.
去去事多謬, 棲棲心欲折. 兩字義與思, 之死銘不滅.

이 시는 도리(桃李)와 송백(松柏)의 본성을 대조시켜 만물의 조화는

한서(寒暑)에 따라 서로 세(勢)를 달리함을 제기한 뒤, 님과 떨어져 지내야 하는 자신의 처지를 슬퍼하였다. 하지만 "의여사(義與思)"를 죽도록 지키는 것만이 현재의 상심을 극복하는 유일한 방도임을 제시해 유가적 관념을 선명히 하였다.

한편, 「종란편(種蘭篇)」은 난초를 심어야 할 이유를 제기한 악부시로, 소인과 군자의 차이를 "소인은 시기와 욕심이 많거늘, 군자는 고상한 덕을 숭상하네.(小人多忮求, 君子崇令德.)"라고 제기하여 여자도 난초를 심어 덕을 함양해야 함을 "이 말은 참으로 증험이 있으니, 취할만한 장점 성실히 본받아야지! 대대로 어진 선비 원대한 계획 많았으니, 여인도 난초 심고 가시나무는 심지 말아야지!(斯言洵有徵, 灌灌效一得. 由來良士多遠圖, 女但種蘭勿種棘.)"라고 강조하였다. 여인도 난향(蘭香)과 같은 영덕(令德)을 지녀야 한다는 주장은 그 당시로서는 계몽적인 사상으로, 여성들의 지위를 스스로 제고하는 방도를 제시한 점에서 주목할 만하다.

「중방국가(重訪菊歌)」는 추국(秋菊)의 고결한 멋과 정취를 읊어 고사(高士)의 덕망을 찬양하였다. 가을 국화의 정조가 고결함을 다양한 각도로 읊어 추국을 거듭 찾게 된 이유를 술회하였다. 국화는 가을의 주인으로 동리(東籬)와 월하(月下)에서 그 격이 더욱 높아짐이 방국(訪菊)한 이유임을 밝힌 뒤, 국화가 고사를 잠시도 떠날 수 없는 까닭을 역설(力說)하였다. 특히 환온(桓溫)이 중양절에 흥취로 모자를 떨어트린 고사와 도연명이 고향 시상(柴桑)에서 애국(愛菊)한 고사를 인용해 고사들이 국화의 정취를 더욱 아꼈음을 부각시켰다. 국화 꿈을 꾸면 꿈조차 속되지 않게 되고, 추풍(秋風), 추월(秋月) 속의 추국은 더욱 고결해 짐을 제기하면서, 국화가 망우(忘憂)를 이끄는 실체임을 부연하였다. 추국 찬양이 정절을 지키며 힘들게 살아가고 있는 자신을 위로할 수 있는 또 다른 방도였던 점을 살필 수 있다.

「종죽(種竹)」 역시 대나무의 절개를 찬양한 5율로 "작은 한 가닥 길엔 찬 구름 머물고, 삼상(三湘)엔 옅은 안개 짙네. 끝까지 깨끗한 절개 지키며, 굽히지 않는 마음 소중히 여기리!(一徑寒雲宿, 三湘薄霧深. 終期保貞素, 珍重歲寒心.)"라는 술회는 삼상(三湘)의 운무 속에 자라는 죽(竹)

의 덕망을 흠모한 묘사로 자신이 지향(志向)하는 절개임을 우의하였다.

「노(鷺)」 역시 해오라기의 고결한 덕을 찬미하였다. 물과 바람으로 몸을 정결히 하는 해오라기의 고아한 모습을 "가을 석 달 제 그림자 돌아보다가, 물가로 흩어져 갔네. 비에 두 날개 깨끗이 적셨는데, 바람에 머리 깃털 가볍게 드날리네.(顧影三秋裏, 離披水際行. 雨淋雙翼潔, 風颺頂絲輕.)"라고 형상한 뒤, "절로 물가에 은거하는 곳 얻었기에, 다시 갈대의 정 깊어지네. 제일로 애틋함은 조용히 잠든 곳으로, 밤 고요하고도 달뜬 하늘 밝네.(自得滄洲趣, 還深蘆葦情. 最憐眠穩處, 夜靜月空明.)"라고 술회하여 해오라기가 은거하며 잠드는 곳이 갈대 자란 섬과 밤 고요한 맑은 하늘임을 동경하였다. 시인의 감관을 해오라기에서 다시 해오라기가 잠드는 곳으로 옮겨감으로써 고결한 덕을 숭상하는 이유를 추적케 하였다.

절부(節婦)나 절효(節孝)를 칭송한 작품으로 "「정녀시(貞女詩)」 유서(有序)"와 "「해상고효렴모절효시(海上顧孝廉母節孝詩)」 대가군(代家君)" 2수를 들 수 있다. 우선 죽은 약혼자를 따라 자신의 목숨을 스스로 끊은 여인의 지조와 절개를 찬양한 「정녀시(貞女詩)」 유서(有序)373)는 『국조규수정시집(國朝閨秀正始集)』에는 "양정녀(楊貞女)"로 표제 되어 있으며 범곤정 시로는 이 시만 실려 있다.

양정녀의 절개를 칭송한 이 시는 수절의 당위성을 층차적으로 강조하는 기법을 운용하였다. 약혼자에 대한 여인의 언약은 흘러간 샘물이나 활시위를 떠난 화살처럼 되돌릴 수 없음을 형상한 뒤 육례(六禮) 중 문명(問名)의 과정을 거쳤기에 약혼자가 이미 죽었다 해도 지아비로 섬겨야 하는 도리를 피력하였다.

특히 여인이 학식은 많지 않아도 절개를 중시하는 정신이 강했기에 글 많이 읽고도 의리를 가볍게 여기는 남정네보다 훌륭함을 찬양하였다. 아울러 양정녀는 절개를 지키려고 자결한 여인이기에 뭇 사람의 칭송을 받았으니 결코 죽은 것이 아님을 역설하였다. 이러한 사실을 억울하게

---

373) 有序: "里中楊氏女, 受唐聘未婚而壻夭, 女之父母欲女他字, 女不從遂自經也. 爲之歌以傳其事."

죽은 두아(竇兒)의 결백이 끝내 밝혀져 청사(靑史)에 실린 것에 비유함으로써 양정녀의 죽음도 결코 헛될 수 없음을 인증하였다. 이 시로 여인의 기구한 운명에 무한한 동정을 보낸 점에 유의할 만하다.

「해상고효렴모절효시(海上顧孝廉母節孝詩)」대가군(代家君) 또한 절효(節孝)를 칭송한 시로 홀어머니 밑에서 자라 시집 간 뒤 남편을 잃고 홀로 자식을 키우며 외롭게 살다가 세상을 떠난 고효렴(顧孝廉) 모친의 고된 삶과 의로움을 칭송하였다. 부친을 대신해 쓴 이 7언 고시는 고효렴의 모친이 젊은 나이에 과부가 되어 씀바귀 같은 고통을 맛보면서도 절(節)·효(孝) 속에 자식을 키운 공로를 찬양하였다. 특히 "시집와 무덤으로 덮여, 절,효라는 두 글자 얻음에, 일생토록 씀바귀 같은 고통 맛본 게 몇 번이었나! 등잔 불꽃 고요히 떨어짐은 굳은 절개 차가워서고, 창가 대나무엔 흔적 없음은, 눈의 피 말라서네. 고효렴 모친 살아서나 죽어서나 참으로 장부다웠네.(送親掩黃壚, 兩字節孝成, 一生幾茹荼. 缸花靜落霜心冷, 窗竹無痕眼血枯. 母生母死眞丈夫.)"라는 구절로는 절효를 지키며 과부로 살아가야하는 기구한 운명에 무한한 동정을 보내며, 자신의 불우한 명운에 대한 각별한 통한(痛恨)을 드러내었다. 이러한 통한을 바로 "황견비·황곡사에서 보인 효행, 청사에는 적고 동사(彤史)에는 많다네. 언 우물은 불꽃을 토하고 메마른 우물 물결 쳐서, 모친께 한 줄기 물결 남겼기에 강하를 에도네.(黃絹碑黃鵠辭, 靑史寥寥彤史多. 氷井嘘炎枯井波, 留母一綫廻江河.)"라고 읊음으로써 자신의 가혹한 운명에 대한 비애를 함축할 수 있었다.

한편 범곤정은 선친을 애도(哀悼)한 「전선대인묘(展先大人墓)」와 돌아가신 모친을 그리워 한 시 「상회(傷懷)」를 읊어 부모를 그리는 정을 극진히 드러냄으로써 유가의 덕을 숭상하였다. 「전선대인묘(展先大人墓)」중 "왼쪽 숲 무덤은 시든 풀이 슬퍼했고, 봄바람의 마른 버들은 지는 달에 흐느꼈지. 한 움큼의 황토 되어 차가운 산에 묻혔으니, 세 자 되는 쑥은 백골을 싸늘케 했네!(左之林邱哀草悲, 春風枯楊泣殘月. 一抔黃土封寒山, 三尺蓬蒿冷白骨.)"라는 단락은 묘지에 묻힌 선친에 대한 정을 애절히 하였고, 끝 단락의 "사람들 딸 둠이 자식 없는 것보다 낫다했지만, 내 아버님 자식 있어 슬픔만 더하셨지! 바다위의 하늘 아득하여 길 끝없거늘 황천에 갇히셨으니 선친께선 아시는지!(人言有女勝無兒, 吾親有子益增悲. 海天漠漠無涯路, 一閟九原知不知.)"라는 술회로는 여식(女息)으로서의 도리를 다하지 못한 자책과 더불어 아들을 두지 못해 서운해 했던 선친에 대한 동정과 애도(哀悼)를 드러냈다.

「상회(傷懷)」는 돌아가신 모친을 애상(哀傷)한 시로 "매서운 서리 내려 긴 밤에 방울져 내리니, 온갖 꽃은 빛깔 시드는데. 세월은 허망하게도 달리듯 지나가고, 어머님은 묻혀 의지하기 어렵기에, 흐느끼며 두 눈동자 가리니 눈물 흔적 닦을 수 없네.(嚴霜永夜零, 百卉凋顔色. 歲月狂若馳, 慈幃掩難卽. 反袂掩雙眸, 淚痕不可拭.)"라고 술회하여 늦가을 돌아가신 모친에 대한 그리움을 묘사했다. 범씨는 이처럼 돌아가신 부모에 대한 애도로 효심을 보였을 뿐만 아니라, 화친(和親)을 명분으로 북방 선우(單于)에게 시집가야 했던 왕소군(王昭君)의 처지를 애달파 하는 「명비사(明妃詞)」를 씀으로써 여자도 보국(報國)해야 하는 당위성을 강조하였다. 특히 범씨는 왕소군이 한(漢)의 황성을 괴로움 속에 떠나 늙을지라도 결코 궁성을 잊을 수 없음을 제기함으로써 여성의 애국심이 남성과 다를 수 없음을 강조하였다. 한편 그녀의 종조모 서원(徐媛)은 「명비사(明妃詞)」에서 "말 위에서 한 나라 가락을 비파로 타며, 울음 머금고 원망 감추며 상건하를 건넜네. 사막에 천년 동안 뜬 달을 홀로 가련해 함은, 밤마다 고운 달이 푸른 무덤을 차갑게 비쳐서라네.(漢曲琵琶馬上彈, 含啼緘怨度桑乾. 獨憐瀚海千秋月, 夜夜嬋娟靑塚寒.)"라고 읊어 왕소군에 대한 동정만 보내고는 여성이 애국하는 방도는 제시하지 못했다. 따라서 범곤정의 여성관이 보다 진취적이었던 점을 살필 수 있다.

이상의 시를 통해 범씨는 전통적인 유가의 덕을 숭상하면서 이를 성실하게 수행한 여성임을 알 수 있는데, 이는 평소에 유가적인 수양을 게을리 하지 않았던 때문일 것이다.

4) 세태(世態) 풍자시(諷刺詩)와 인생관을 드러낸 철리시(哲理詩)

범곤정은 시재(詩才)가 넘쳐 여러 주제로 생활상의 정감을 다양하게 묘사하는 성취를 보였다. 그녀는 「청군달사숙탄금(聽君達四叔彈琴)」, 「능소화(凌霄花)」, 「연래(燕來)」, 「형(螢)」, 「북교(北郊)」, 「백저사(白苧詞)」, 「나부(蘿敷)」 등과 같은 시로 세태를 풍자하는 여유를 보였다. 이는 동시대 여류시인 육경자(陸卿子)나 서원(徐媛)의 시에서는 거의 보이지 않는 주제이기에 유의할 만하다. 우선 「청군달사숙탄금(聽君達四叔彈琴)」을 예로 들 수 있는데, 이 시는 탄금의 묘(妙)를 "초 땅의 구름은 무협에서 고요했고, 상수는 벽담에서 싸늘했으며. 조용한 숲은 나르는 폭포로 진동되었고, 세찬 비는 빈산을 떠들썩하게 하였지!(楚雲巫峽靜, 湘水碧潭寒. 虛林振飛瀑, 急雨誼空山.)"와 같이 비유한 뒤, 그 감동을 "듣는 이들 모두 얼굴 가리고 각자 눈물 주룩주룩 흘렸네. 종자기 죽었으니 이 가락 지금 누가 다시 연주하려나?(聽者俱掩面, 淚下各潸潸. 此調鍾期死, 今人誰復彈.)"로 설파(說破)하여 지음(知音)을 얻기 어려운 세태를 풍자하였다.

「능소화(凌霄花)」는 황금을 중시하는 세태를 풍자한 고시(古詩)로 한때의 부귀함을 자랑하는 능소화는 결코 추구할 꽃이 될 수 없음을 경계하면서 황금을 좋아하는 세태에 편승하면 결국 영욕이 뒤바뀌게 됨을 풍자하였다. "인정의 냉담함은 진정 물과 같으리니, 황금의 후하고 박함을 어찌 탄식하랴!(人情冷澹眞如水, 黃金厚薄何足嗟)"는 냉담한 인정 앞에 황금에 대한 후박(厚薄)은 탄식거리가 될 수 없음을 강조한 뒤, 황금의 속기를 능소화의 요염한 자태에 비유해 추구할 가치가 없음을 일깨웠다. 능소화는 한 때 소나무 가지를 희롱하며 온갖 요염함을 다 보일 수 있으나, 눈과 서리가 내리면 시들게 되니, 불변하는 소나무만이 천수를 누림이 마땅함을 역설하였다. 특히 이 시는 허영심에 찬 여성들에게 경계를 보인 시로 범곤정의 인생관을 드러낸 시이기도 하다. 끝 단락을 "소나무여! 소나무여! 천년의 자태를 오래토록 보전하시기를!(松兮, 松兮, 長保千年姿)"이라고 읊음으로써 명말(明末)의 어지러운 세태와 풍조를 풍자하였다.

5율 「연래(燕來)」 역시 세상 사람들이 빈천을 꺼리기에 한결같은 마음으로 살지 못함을 풍자하였다. "주렴에 비치는 향 그런 풀 연하고, 달

뜨기 기다리는 살구꽃 싱그럽네. 해마다 약속을 지키려니, 띠 풀 처마 어찌 가난타고 싫어하랴!(映簾香草嫩, 待月杏花新. 肯踐年年約, 茅簷豈厭貧.)"라는 술회는 둥지 틀었던 집이면 그 집의 귀천에 구애 받지 않고 약속을 지키듯 다시 찾아가는 제비의 생태를 읊어 상황 따라 임의로 변하는 인심과 세태의 추이를 풍자한 것이다.

「백저사(白苧詞)」 역시 이 같은 주제를 부연한 시로 부귀가 오래 지속될 수 없는 처지를 애석히 여기면서 각박한 세태를 풍자하였다. "그림 장식의 편액 걸린 붉은 발과 문행량(文杏梁)에는, 해마다 제비 그림자 드려져 꽃 찌르는 향기 냈네. 아름다운 집의 하루는 길고 봄 낮은 길었기에, 오래도록 즐거움 다하지 않았으나, 아침 되며 비바람이 높은 용마루를 무너뜨리니, 제비는 새끼 데리고 담장을 떠나가네.(畫額朱簾文杏梁, 年年燕影撲花香. 高堂日永春晝長, 千秋萬歲樂未央. 一朝風雨摧高棟, 燕子將雛過別墻.)"라고 술회하여 부귀한 집안의 과거의 영화와 현재의 쇠락을 대비시킴으로써 항심(恒心)을 지니지 못하는 세인(世人)들을 풍자하였다. 아울러 갑작스런 상란(喪亂)으로 부귀한 집안 망하게 되자, 제비도 둥지를 경각지간에 옮김을 제기해 의외로 생기는 큰 변화가 주는 충격도 함축하였다. 이 시는 인생무상에 대한 탄식이나 되돌릴 수 없는 영화에 대한 실의를 넘어 보편적인 세정(世情)을 그렸기에 시사하는 의미가 깊다.

한편 7언 고시 「북교(北郊)」는 해질 무렵 서쪽 교외 무덤가에서 느낀 인생무상을 읊었다. "도깨비불 밤에 비쳐 달 차가운데, 목동은 천년 된 묘에서 웃으며 춤추네. 종횡으로 놓인 옛길 동쪽 이었다가 다시 서쪽 향했는데, 행인 오가나 살피지 못한다고!(靑燐夜照明月寒, 牧童笑舞千年墓. 縱橫古道東復西, 行人來往不知悟.)"는 긴 역사 공간 속에 현재를 부각시킴으로써 무상(無常)을 일깨우는 묘를 보였다. 끝 연 "서글퍼라! 황천 아래에서 사람들이 바쁜 것을 비웃어, '세월은 아침 이슬과 같다'고 웃으며 말함이!(吁嗟泉下笑人忙, 笑道年光如朝露.)"는 조로인생(朝露人生)을 일깨운 말로 황천에 있는 이들이 인생의 덧없음을 자각하지 못하고 바쁘게 살아가야 하는 현세인의 우둔을 풍자하였다. 죽은 이들의 입을 통해 현세를 조롱하였기에 반사(反思)하는 효과를 배가시킬 수 있었다.

「탈포삼(脫布衫)」 또한 세인들이 인생무상을 탄식하며 살기에 마음 다스림이 중요함을 읊었다. "인정은 번개와 이슬처럼 덧없으니, 길 위의 나뭇잎이 베틀의 하얀 명주로 변함을 보세요!(人情如電露, 請看陌上葉, 變作機中素.)"라는 술회로는 순간에 지나가는 인생의 덧없음을 개탄하였고, "사람 마음은 본래 숫돌 같아서, 아름다움과 추함이란 스스로 만든 시기일 뿐이니, 새색시 늘 절로 새색시라고 기뻐 말고, 옛 부인은 옛 부인으로 끝난다고 애석치 마시게!(人心本如砥, 姸嬈徒自惆. 新人勿喜長自新, 故人莫惜終於故.)"로는 미추(美醜)와 신구(新舊)의 구분은 숫돌 같은 사람 마음에서 기인함을 제기하여 마음을 다스림이 행불행(幸不幸)의 관건임을 일깨웠다.

「대린여작(代鄰女作)」은 범곤정 자신의 결혼관 내지는 인생관을 읊은 작품으로 자신의 결혼이 원만할 수 없었음을 기탁하였다. 이 시는 갓 시집올 때 어렸던 시누이가 어느덧 인여(鄰女)로 성장해 사랑으로 괴로워함을 쓴 뒤, 시누이에게 사랑보다 돈을 중시하는 상인에게 시집가지 말 것을 간곡히 당부하면서 이웃집 할아버지와 할머니같이 평범하면서도 진실 된 삶을 사는 것이 더욱 소중함을 일깨웠다. 이 같은 결혼관은 체험하지 않고는 결코 피력할 수 없기에 범곤정의 결혼생활이 원만하지 못했음을 엿보게 한다.

범씨는 남편과 오래 떨어져 지낸데다 끝내는 남편이 전사했기에 순탄할 수도 없고, 득의할 수도 없는 삶을 살았다. 그래서 남다른 감회를 투영한 다수의 영회시와 철리시를 쓸 수 있었다. 또한 그녀가 이처럼 절의(節義)와 충정(忠貞)을 중시하는 시가를 쓰게 된 것은 유가의 가풍과 교육의 영향이다. 따라서 범씨가 시가 창작에 만명(晚明)이란 시대의 진보적인 성향을 반영할 수 없었던 이유는 예교의 전통에서 벗어날 수 없었던 범씨 집안의 가풍에서 찾아야 할 것 이다.

5) 제화시(題畵詩)

범곤정은 제화시로 「제월산도(題越山圖)」, 「제연우루도(題煙雨樓圖)」

2수를 남겨 서화(書畵)에 대한 소양과 심미안을 드러냈다. 이 시들은 오월(吳越)의 역사적 교훈을 함축한데다 구성이 긴밀하고도 묘사가 생동하는 특성을 보였다.

「제월산도(題越山圖)」는 월산도(越山圖) 화폭에 그려진 내용을 세밀한 필치로 묘사하면서 역사가 남긴 교훈을 함축한 7율로 패망한 월국(越國)에 대한 동정을 은근히 담고 있다. 이 시는 해질녘 기러기가 바다 위의 구름을 좇아 날아가는 가을 풍광을 묘사한 뒤, 강물 속에는 자라와 악어가 숨겨있고 큰 나무에는 바람 불어 황새와 물수리 둥지가 기울어짐을 부각시켜 평온치 못한 강산의 세태를 엿보게 하였다. 특히 떠나는 돛단배가 월교(越橋)로 이어지고 서쪽에서 온 남녀는 오가(吳歌)를 부름을 써서 오(吳)에 패한 월(越)에 동정을 드러냈다. 끝 연은 월산도의 주제를 드러낸 곳으로, 월왕대 아래 길에 쌓인 '한연(寒煙)'이 저라산(苧蘿山)을 에두른 것을 드러내어 오왕(吳王) 부차(夫差)에 패한 월왕 구천(句踐)의 분기(憤氣)를 한연(寒煙)으로 형상하는 솜씨를 보였다. "월산도"에 그려진 물상을 원근에 따라 묘사함으로써 시각적이고 청각적인 효과를 극대화한 점을 평가할 만하다.

한편 연우(烟雨) 속에 오월(吳越)의 경치를 그린 「제연우루도(題煙雨樓圖)」는 청(淸) 주수창(周壽昌)이 집정(輯訂)한 『궁규문선(宮閨文選)』권26에 실린 시일 뿐 아니라, 주이준(朱彝尊, 1629-1709)이 편한 『명시종(明詩綜)』에 범씨 시로 유일하게 선록된 작품이다. 이 시는 우중(雨中)에 피어나는 연람(煙嵐)이 누대로 들어옴을 그린 뒤, 원근에 따라 입체감을 달리하는 연우루(煙雨樓)의 한적함을 부각시켰다.

시인은 연우루도(煙雨樓圖)에 그려진 물상을 중심 화면에서부터 주위로, 다시 주위에서 중심으로 옮겨가는 수법을 구사하였다. 오·월을 경계로 누대의 배경이 달라짐을 사슴 떼 달아남과 자고새 우는 소리로 대비시켜 형상함으로써 이 누대가 있는 위치를 선명히 할 수 있었다. 그 주변의 긴 제방으로는 버들이 무성하고 물가의 줄과 부들은 저성을 에두른 것을 그려 봄 기운이 한창임을 상상케 하였다. 그런 뒤로는 다시 중심으로 축을 옮겨 마을에서 켠 등불들이 초승달 아래의 호수 위로 점점

환히 비쳐오는 수경(水鏡)을 묘사함으로써 도화에 생동감을 더하였다. 끝 연은 이 도화에서 시인의 마음을 제일로 사로잡는 곳임을 강조함으로써 감상자의 연상을 끌어내는 효과를 거두게 하였다.

이 2수의 제화시를 통해 범곤정의 서화에 대한 소양의 정도를 살필수 있다. 주이존(朱彛尊)이『명시종(明詩綜)』에서 제화시(題畫詩)로「제연우루도(題煙雨樓圖)」1수만을 선록(選錄)한 점은 이러한 성취가 돋보인 때문이지만 이를 규명하려면 다른 여성의 제화시와 비교해 살펴야 할 것이다.

4. 남은 말

범곤정과 그녀의 시집『호승집시초』에 대한 연구로는 이 글이 처음일 것이다. 우선은 그녀나 그녀의 남편 호원생(胡畹生)에 관한 기록을 구할수 없기에 적절한 주해(註解)를 바탕으로 폭넓게 분석374)을 할 수 없었던 점이 안타깝기만 하다. 기회가 되는대로 화정(華亭)으로 가『송강부지(松江府志)』중의 범씨가(范氏家)에 대한 자료를 찾을 수 있기를 희망한다.

이 글과 작품 해제는『호승집시초』앞면에 열거된 진계유, 범윤림, 심대성 3인의 서(序)와 후손 호유종(胡維鐘), 호공수(胡公壽)의 출판 연기(緣起)가 없었다면 작성이 불가했을 것이다. 이 글들은 범곤정의 생활환경이나 위인됨을 바탕으로 시가 성취를 언급했기에 그녀 시를 주제별로 나누어 그 면모를 살피려는 필자에게 큰 도움을 주었다.

범곤정은 시재가 뛰어난데다 감성이 풍부하였기에 생활 반경이 넓지 않았어도 아름답고도 감동적인 수많은 시를 쓸 수 있었다. 특히 남편의 잦고도 오랜 외유(外遊)나 전사(戰死)는 그녀에게 수많은 사부시(思婦詩)와 별리시(別離詩)를 남기게 하였고 대대(代代)로 물려진 친정 화정

374) 참고 淸, 乾隆 天遊閣 刻本 『胡繩集詩鈔』3卷, 上海圖書館.

의 그윽한 소원(嘯園)은 계절에 따라 시정(詩情)을 일으키게 하여 아름다운 절후시(節候詩)를 쓸 수 있게 하였다. 또한 그녀의 종조모(從祖母)인 서원(徐媛)은 소주(蘇州)의 저명여류시인 육경자(陸卿子)와 같이 오문양대가(吳門兩大家)로 칭송되었기에 범씨는 그러한 영향 하에 더욱 격조 높은 시가를 쓸 수 있었다. 더욱이 서원(徐媛)이 쓴 『훈자(訓子)』는 그녀에게 유가적 관념과 도리를 전수 할 수 있었기에 유가의 덕을 숭상하는 다수의 시가를 남길 수 있었다.

범씨는 남편과 원만한 생활을 할 수 없었던 데다, 사별로 더더욱 홀로 살아야 했던 불우가 그녀를 시 세계로 몰입시켰으며 또 이러한 불우를 극복함으로써 곱고도 감동적인 작품을 남기게 했으니, 이는 결코 우연이 아님을 알 수 있다. 특히 남편과 자연을 사랑하며 고상한 삶을 살면서 감동적인 시를 남긴 범씨에 대한 연구와 평가가 연이어지기 바란다.

명대여성작가총서❽호승집시초·상권
···
의리와 그리움이라는 두 글자
죽도록 지워지지 않게 새기리!

지은이 ‖ 범곤정
옮긴이 ‖ 이종진
펴낸이 ‖ 이충렬
펴낸곳 ‖ 사람들

초판인쇄 2014. 6. 20 ‖ 초판발행 2014. 6. 25 ‖ 출판등록 제395-2006-00063 ‖ 주소 경기
도 파주시 탄현면 갈현리 668-6 ‖ 대표전화 031. 969. 5120 ‖ 팩시밀리 0505. 115. 3920
‖ e-mail. minbook2000@hanmail.net

ISBN 979-11-85501-02-4 93820